祁立峰

祁立峰——著

亂世生存遊戲

從三國英雄到六朝文青都得面對的闖關人生

【推薦文】

古人如何面對人生？

Cheap（歷史YouTuber）

《亂世生存遊戲》這本書，看似作者的讀書筆記，實際上講述不少青年在迷茫時代中掙扎生存、生活的精彩故事。猶如當代對往後的期待與不安，同樣對明天不知所措的古人，會怎樣面對他們的人生？這本書就給了我們很好的答案。作者信手拈來不少知名古人的故事，讓讀者能夠如臨現場地融入他們的處境，雜以許多當代人也能心領神會的比喻，閱讀時除了頗有所感，也能莞爾一笑。

比如，「三顧茅廬」是真的嗎？還是只是諸葛亮在人生履歷上的自吹自捧？「孔融讓梨」是兄友弟恭，還是問題兒童？至於現在網路上時常謠傳的「網軍帶風向」、「意義不明的短文」，其實早在六朝時期就有？讀完《亂世生存遊戲》，對於過去與現在的驚人相似，不禁感到絲絲神奇。

歷史時常讓人覺得距離生活很遙遠，但是書中的故事卻與我們很接近。隨著《亂世生存遊戲》，跟著作者趣味的文筆走入六朝，暢想古人的生活、古人的煩惱，對照到每天的日常。「以史為鏡」，不正是如此嗎？

【推薦文】

當文學成為生存指南

胡川安（中央大學中文系助理教授）

二〇二〇是個不平靜的一年，我們不知道這是亂世的開始，或是一段亂世年代的終點。

中國歷史上充滿著亂世，有各種面對的方法，每個生命和他們留下的文學作品，都給了我們很好的指南。兩漢四百年的盛世走向魏晉，然後分裂成南北，亂世中顛沛流離，各種蒼涼的事情都在其中發生，每個人都要具備一定的心理素質，才能安身立命。

祁立峰教授研究亂世中的文學，文學留下了當時人們生存的指南，透過這本書，不僅理解六朝，也更能夠知道我們的處境。

【推薦文】

資深鄉民讀《亂世生存遊戲》——做自己，才自在

柳依青（作家、醫師）

對十五歲就開始玩PTT、富有老鄉民魂的我而言，中學時期典型傳統的國文課，顯然是相當無趣的。臺上的老師慷慨激昂地講述著孔孟的忠君愛物、憂國憂民，甚至激動地眼角泛淚，臺下的我們抓耳撓腮、昏昏欲睡，或者對同學擠眉弄眼、傳紙條問隔壁的隔壁：中午便當有沒有雞腿。

有一次，老師氣得對臺下這群怎樣彈琴都聽不懂的牛學生們開罵：「古聖先賢這麼偉大的情操，你們竟然不好好學習，整天渾渾噩噩，難怪一代不如一代！」

好喔。和韓愈〈祭鱷魚文〉中嗆鱷魚的口吻有八七分像呢！我想，繼續在課本這些古聖先賢的肖像插圖上加一把鬍子、塗一個眼罩，再畫幾根顯眼的鼻毛。讀你們囉

囉唆唆的長篇大論這麼辛苦，這算是無聲的復仇啦！

後世各種推崇造神的塗脂抹粉，將這些鬍子老頭們捧進了廟堂神龕，可膜拜而不可褻玩，說的話字句珠璣，放個屁也是凜然正氣，完美零缺點，跟美肌開到最大的直播主一樣——美則美矣，看起來卻像塊塑膠，親生的娘都認不出這是誰。在我這樣離經叛道的資深鄉民心中，實在難以認同這樣的虛偽假掰。

終歸是血肉之軀，怎無七情六慾，柴米油鹽醬醋茶？國文課，總欠我們一個誠實。

很開心見到祁教授的作品，無論是YouTube上的有聲節目，或是《讀古文撞到鄉民》、《國文超驚典》等書，用接地氣的鄉民口吻，更具人性、更有溫度，而且更真確的角度，重新詮釋了我們曾經以為枯燥艱澀的古文，以及古代鬍子大叔們其實有血有淚的人生故事。

就好像看到了《瑯邪榜》、《蘭陵王》，祁教授將文字變成了精彩的歷史與文學紀錄片。

而祁教授鑽研的六朝，恰巧是一個特別的時代，政權紛亂更迭，文士們要不努力求生存，上班勉強擠出幾行假開心的應酬詩搪塞老闆；要不放飛自我，作出各種「不良示範」，「好孩子不要學」。但或許也是這種「好孩子不要學」的任性妄為，少了文必載道的道學匠氣，反而更能透露人遭逢亂世、委蛇官場，或放浪形骸下的無奈與滄桑。

我由衷欣賞這樣，坦率承認自身的脆弱與迷惘，反而有了活生生的人味，也貼近現代平凡的我們——未來不知在哪的時候就偷一點小確幸，寫幾句覺青的詩文或憤青的厭世之歌，偶爾會喝ㄎㄧㄤ到斷片，若是職場艱難，也會任性不想上班。前途茫茫，但我們還是努力的活著了。

《亂世生存遊戲》或許想說的是，現在的我們不孤單，一千五百年前六朝時代的人們示範過。我們沒有一代不如一代，公讌詩是為了糊口；而「我就廢」不是真廢，是不隨波逐流的另類抗爭，也是堂堂正正的生存哲學啦！

【推薦文】

對生活累了嗎？先來點祁立峰的六朝！

敏鎬的黑特事務所（《人生自古誰不廢》作者）

「幾百年的紛亂是來自人性糾葛？手足相殘？還是假掰的官場應酬日常呢？」──翻開祁老師的《亂世求生遊戲》，耳邊旁白便自動響起。

六朝文學很可愛，比起後世正氣的凜然道德，那紛亂時代的詩歌中往往浮現對生命的感慨、對眼前美好的依戀，絲毫不掩飾身為人的軟弱。畢竟在亂世中，人生像朝露、落花，或是一瞬的煙火。

孔孟盛世難以追尋，秦漢輝煌亦不可考，正是混亂的年代，才能真正體現人性的價值。蘭亭邊的文人們口中談論著老莊，將生死說得雲淡風輕，而筆下仍淡淡流露著對人世的哀憫。

多麼傲嬌啊！

祁立峰老師本著「幽默而不失考究，有趣而不失莊嚴」的文風，以各種六朝光怪陸離的歷史軼事為經，生動詼諧的文筆為緯，包準能讓人在吸收新知的同時，也捧腹大笑。

【推薦文】

有哏有高潮，讓鄉民愛上六朝

楊斯棓（《人生路引》作者、醫師）

我的忘年之交，彰化田中蕭平治老師，一生鑽研臺語諺語（一稱臺灣俗語）。二十年前他寫了一本《臺灣俗語鹹酸甜》，匯集了許多諺語智慧。

成書之後，同事瞧見，隨意翻讀，妄下定論：「汝寫這什麼潲冊（你寫這什麼書呢）？」

蕭老師不以為忤，繼續耕耘，時至今日，《臺灣俗語鹹酸甜》第四集跟作者自傳都已問世。

回頭看，那句「汝寫這什麼潲書？」顯然不具祖國善意，卻也反應了若干讀者閱讀迥異於過去閱讀經驗的文本後的那股驚駭不解。

近來案頭上有兩本書談六朝，一本是作家楊照的《不一樣的中國史5：從清議到清談，門第至上的時代》，另一本就是祁立峰老師的《亂世生存遊戲：從三國英雄到六朝文青都得面對的闖關人生》。

《不一樣的中國史》可能會讓部分歷史教師跳腳，該系列揭櫫：「過去將臺灣歷史放在中國歷史裡，作為中國歷史一部分的結構，從這個標準上看，有著明白而嚴重的缺失，那就是忽略了臺灣複雜的形成過程……只從中國的角度，不看來自荷蘭、日本、美國等政治與文化作用，絕對不可能弄清楚臺灣的來歷。」

而祁立峰老師的行文風格，可能讓保守派更加破膽。

但我們可以打個賭，資深教師或老派文人若以六朝為題，赴全臺灣任何一所國、高中演講，底下睡成一片的機率，可說百分之百。

如果是祁立峰老師出馬，現場聽眾一定會興奮到近乎暴動。「他很有哏捏（呢）！」此起彼落那給他的尖叫聲，我已預見。

祁老師的江湖地位，來自他古文今解的能力。他很擅長在解釋六朝人物時，用年輕人熟悉的網路語言及鮮活譬喻去引路，人物因此更加立體了起來。六朝公子的爬山，原來更像開山闢蘇花高，內容自然增加不少記憶點。內容能被記得，才有往下延伸討論的可能性。

古文今解，並不容易。李鴻禧教授堪稱臺灣古文今解的祖師爺。一九八九年，他在演講臺上問聽眾：「田園將蕪，胡不歸」的臺語應該怎麼講？聽眾鴉雀無聲而引頸企盼。下一秒，他緩緩道來：「黃昏的故鄉，在叫我。」全場千人爆笑，但笑著笑著，就哭了。因為大家秒懂，李教授狀似一派輕鬆，運斤成風，其實他講的故事有不可承受之重。旨在聲援離鄉千里，有家歸不得的海外黑名單人士。

又過了三年，針對「黑名單」返臺的禁令終止。李教授這座優雅的言論大砲，厥功甚偉。

古文今解的能手們，還有好幾位代表人物。

宋怡慧老師帶讀者一起踏查，李白是否吃軟飯？是否曾被秒分手？是否是一位被文學家耽誤的戀愛高手？宋老師的古文今解，讓少女縱使情竇初開，也不隨風搖擺，少受渣男之害。

蔡璧名教授說，當我們的人生需要道路救援時，該call out的，就是來自莊子那恰到好處的答案。蔡教授的古文今解，是一杯清冽沁人的水。

祁立峰老師則是一位善用諧音哏、鄉民哏、時事哏的綜合格鬥歷史高手。歌手陳雨霈曾有一首作品名為「苞菜阿爸」，歌詞有一段是：「千層的苞菜，你得要一葉一葉撕開來，是好是壞才會知。」狀似笑看六朝，一頁一頁翻開，我讀到六朝人的吶喊：今時不同往日，我地搵食艱難（廣東話）。

我讀到了那股強烈的同理與同情。

【推薦文】

在那最好也最壞的時代

厭世哲學家（作家）

六朝是一個什麼樣的時代？套一句狄更斯的話：「這是一個最好的時代，也是最壞的時代。」從政局的角度看，除了西晉曾短暫統一之外，大部分時候都分崩離析，且上層貴族各個都想謀朝篡位，可謂極度混亂。但若從文化的角度看，六朝卻是前所未有的繽紛多姿，不信的話我們來列舉一下：

一、詩：出現各種題材的詩作，如玄言詩、山水詩、田園詩、宮體詩、邊塞詩，甚至還發明了「格律」，奠定了唐詩發展的基礎。可以說，如果沒有六朝詩，就不會有光輝燦爛的唐宋詩。

二、文：盛行對偶工整、用典繁複、精緻工巧的「駢文」，後演變為公文、書信的主流文體，奠定應用文發展的基礎。

三、賦：出現許多震古鑠今的作品，如王粲〈登樓賦〉、左思〈三都賦〉、陶潛〈歸去來辭〉、江淹〈別賦〉等等。

四、小說：盛行志怪小說及志人小說，如《搜神記》及《世說新語》，影響後世小說文體的發展。

五、哲學：盛行玄學，玄學家如王弼、郭象等人，融合儒道，遍注群經，《周易注》、《老子注》、《莊子注》現在仍是最權威的注本。

六、文學理論：如曹丕〈典論論文〉、劉勰《文心雕龍》、鍾嶸《詩品》、蕭統《昭明文選》皆產生於此時代。

前述只是隨意列舉，還有經學、史學、藝術類的成就，還來不及列上去。能人異士每個時代都有，但為什麼六朝時代特別多？我想，恐怕還是跟「亂世」的氛圍脫不了關係。

史學家葛兆光先生曾經用「盛世的平庸」來形容唐朝思想界缺乏創造力的現象，令我印象非常深刻。「盛世」為什麼會使人「平庸」呢？所謂盛世，指的是一種極為穩定、健全的社會狀態，社會運作的規則十分明確：一個人從他出生開始，應該受什麼教育，將來可以選擇什麼職業，一直到他退休後可以安排什麼樣的生活，死後可以被如何安葬祭祀，似乎都有完善的規則。人只要肯按照規則努力打拚，就可以過豐衣足食的生活，此外的事情似乎都可以不用煩惱。「規則」保護了人，同時也限制了人；在盛世中，人們沒有必要去冒險或嘗試新的路途，所以很難發展出什麼有開創性的思想。

然而，「亂世」就不同了。何謂「亂世」？當然就是指盛世那一套明確、可依循的規則被徹底打破了；人們被推到風口浪尖上，無路可走，除非你自己挖出一條路，否則就只能被擠下懸崖。

當每個人都必須使盡吃奶的力氣來求生存──這就是祁立峰老師這一本《亂世求生遊戲》成立的大前提吧！但有件事必須澄清一下，祁立峰老師並不是要告訴我們如何在亂世中苟延殘喘的方法。他其實是要告訴我們：在一切規則都被打破的時代裡，在喪失道德教條束縛的社會裡，古人為了求生存，創造力究竟可以被激發到什麼樣的程度？

在這本書中，你會看到六朝時代那些華美的詩辭、高超的玄想，是在什麼惡劣困窘的生存處境中被「逼」出來的；你會讚嘆人類的創造力與潛能，也會看到「最壞的時代」與「最好的時代」為何是一個銅板的兩面。

活在亂世中的人，當然是厭世的，但他們的目標很明確，就是要活下去；為了求生存，這種厭世往往可以被轉化成為創造的能量，這本《亂世求生遊戲》就是最好的證明。

那活在盛世中的人呢？不可否認，活在這個時代，我們都是盛世的子民，但為什麼我們還是如此厭世？或許，生在一個規則無比明確的社會裡，我們有可能會因為創造的能量無處施展，而活得更加苦悶（而且這是一種無法被轉化的苦悶）。

在盛世中，閱讀亂世的人如何展現他們的創造力，或許我們能夠得到一些補償，稍稍減輕自己的厭世之情也說不定。這本《亂世求生遊戲》，推薦給活在盛世中卻感到厭世的你。

【推薦文】

只要你懂六朝，六朝就會幫助你

厭世國文老師（作家）

六朝文人擁有最清醒的靈魂，卻生活在最癲狂的社會，然後走進最痴迷的生活。那個時代裡，人們彷彿進行一個難度調到「鬼神」等級的大型RPG電玩遊戲，在有限的HP值裡，挑戰各種光怪陸離的關卡，以及面對層出不窮的考驗，總是需要往不可能出現生存機會的絕路裡，找到打倒敵人的勝利條件。

《亂世生存遊戲》一書，像是設定精巧的電玩遊戲，不僅提供玩家（讀者）極高的娛樂價值，也能從遊戲（閱讀）過程裡，找到關於歷史、文化、文學以及作家們的存在意義。

最後，套用一個網路紅人「反正我很閒」裡海龍王彼得的梗，或許像我一樣愛裝熟的人，可以稱呼這本書的作者為：中臺灣六朝文學分析師兼國學才子暨網路鄉民祁王立峰。並且說一句：「只要你懂六朝，六朝就會幫助你。」

【推薦文】

致把生活過成亂世的你

歐陽立中（Super教師、暢銷作家）

記得幾年前，我事業剛起步，出書、演講、活動邀約，如雪花般飛來。機會盤旋在我的身邊，而我不想放過任何一個。所以除了上班的時間外，我把剩下的時間都填滿了。我告訴老婆，為了讓我們過上更好的生活，現在拚一點，以後就輕鬆了。老婆沒多說什麼。

後來，我們有了孩子。一開始，我還是到處跑case，老婆幫忙照顧孩子。往往回到家，發現老婆跟孩子都已入睡。在別人面前，孩子黏媽媽，我一抱就哭，像陌生人似的。我以為人生的意義就是不斷奮鬥，直到發現我把生活，活成了「亂世」。

祁立峰老師的《亂世生存遊戲》，用豐富的學養、扎實的考據、幽默的鄉民哏，來告訴你六朝古人面對亂世的姿態。

亂世似乎離我們很遙遠，但我們總有能力，把生活過成亂世。曾有人做了個統計，人在臨終之前，最後悔的事是什麼？你猜猜看。

第一件後悔的事是：「希望當初有勇氣過我想要的生活，而不是別人希望我過的生活。」此刻，你心頭一震。如果真被說中了，那麼回頭看看立峰筆下，那些六朝古人怎麼活。劉伶以天地為屋，在家裸奔；阮籍當步兵校尉，狂喝公酒；你說他們怎如此放浪形骸，耍廢厭世。但立峰卻帶你思考另一個角度：儒家式教育都有一種捨我其誰的使命感，但承擔也代表一種消磨；而道家式的思考，給了我們一種逃逸的可能。

第二件後悔的事是：「我希望當初沒有花那麼多精力在工作上。」這下，你坐在辦公室的旋轉椅上，抱胸仰頭沉思。朝九晚五是你生活的常態，面對上司或奧客的刁難，你總是上一秒馬的，下一秒好的。這時，你不得不佩服六朝古人，幹了你想做卻不敢做的事。謝靈運有志難伸，索性蹺班遊山玩水去了；嵇康更狂，直接列出自己不適合當官的七個理由；當然，這都比不上陶淵明，他老兄直接辭職不幹了，回去玩他的開心農場。但當你把他們都當偶像時，立峰話鋒一轉，告訴你：「陶淵明本來是該什麼樣子根本不重要，但他必須要變成我們需要他的樣子。」

回到開頭的故事吧！最後，我開始婉拒一些邀約，把時間留給自己和家人。假日不是先排case，而是請老婆排遊山玩水的行程。是啊！就像立峰說的：「生命歸根結底到最後，不都存在著一部分的『毫無意義』嗎？」別豎著人生意義的大旗，把日子都活成了亂世。

【自序】

我是在生存，不是在生活

在《讀古文撞到鄉民》這個專欄以及其後集結而成的專書，得到還不錯的迴響之後，我就一直想寫一本聚焦六朝文學的普及書。

一方面從碩士班開始，我選擇了六朝這個斷代作為研究主題；另一方面是我在各處舉辦講座時經常提到：六朝與我們身處的這個時代，有不少相似之處。

雖然「六朝」、或說西元二世紀到六世紀在這斷代，知名度不高。與大家比較熟悉的漢唐盛世或宋詞元曲相比，很多同學根本不知道六朝是哪個時代（或將之與五代搞混）；而很多讀者大致知道有過這個時期，卻也說不清或記不得是哪六朝。

六朝一般指的是定都在南京（當時稱之為金陵或建康）的六個朝代：東吳、東晉、宋、齊、梁、陳。更明確的代際也稱為魏晉南北朝，將三國、西晉、南朝與北朝都包括在一個整體之內。

但這個名稱是將「中國」視為一個整體來看待，這又會扯涉許多複雜的課題。尤其這幾年國族論述正盛，國家認同紛紜，「中國」也被放進了括弧裡反覆辯證。

但古典時期想像的中國其實就是天下，就是文明世界的整體。

而如果從「天下」與「文明」的角度來看，在秦朝統一天下之後，六朝——或曰魏晉南北朝——就是中國歷史的第一個分裂的時代。

也因此，要論亂世，大概沒有什麼比一個分裂的時代來得更亂，更黑暗，更崩壞。

我們很容易就覺得自己身處的時代是亂世。君不見隔幾年臺灣的年度代表字就會選出「亂」來，而朋友親戚聚會，聊天抬槓，講到國家前途、社會時局、家國身世，最後也往往歎謂一句：「時代真亂啊！」

更有趣的是「亂」這個字的象形，是人的手去整理絲線的意象。絲線本質上就是糾纏紛亂，所以才要理，因此古文的亂有「亂」與「理」兩層意涵，以亂易整，既矛盾又具有辯證性。

若你問我：我們身處的這個地方算不算亂？我們降生的這個時代算不算亂？我還

真不敢說。但你去看坊間各種介紹六朝的歷史書、國學書，都會提到六朝的政治黑暗與時代動盪。

其實亂世與治世，無論是上層貴族階級，與一般百姓黎民，在生活態度上差異非常多。我自己的家族長輩大多來自一九四九年大江大海南渡臺灣的一輩，自幼我就覺察到我們家族許多節日並沒有特別的活動，沒有中元普渡，沒有寒食潤餅。後來我才發現，經歷過大規模遷徙與動亂的一代，真正能帶著的、保存下來的很少。

那些儀式、習俗、規矩、格調，以及優雅的生活模式，或說人類長久以來漫長文明積累的結晶，都可以在生存危機面前，輕易地拋棄掉。

我之前沒有花太多心思琢磨思考這件事，直到寫這本書的期間，不幸地，新冠病毒在全球肆虐，我才真正體貼到，好像在生存面前，一切都是這麼微乎其微，毫不重要。無論多悠久的歷史傳統，都可以瞬間瓦解。

也就是說，亂世最核心的命題，應該就是活下去。所以我們在六朝很少聽說什麼士人以身殉國，義不食周粟，引刀成一快等等之類的×話。

不，或許也不能說這些都是×話。那種慷慨成仁，捨身赴義的壯志，對六朝人而言還太遙遠。他們過著動盪不安，朝不保夕的每一天，就像你我一樣，認真而謹小慎微地直面人生。

可能是不得不的妥協，也可能是幾經算計的抵抗，總之這就是六朝一代人的微小而暫態的生活方式。可能怪誕，可能放浪，可能不正經。或耽溺，或唯美，或簡傲。最重要的是他們的文學作品裡，表現出了某種輕、某種無意義。

這種「無意義」在後代成了罪大惡極。在文以載道的時代，在文學救國的時代，這些輕豔之詩、遊戲之作，顯得非常礙眼。

但生命歸根結底到最後，不都存在著一部分的「毫無意義」嗎？

殺身成仁的時代，對六朝來說已經過去了；文以載道的時代，距離他們還很遠。YouTube上有個網紅團體「反正我很閒」說過一句名言：「我是在生存，不是在生活。」這道盡了六朝人核心價值。

無論更前或更後的時代，都有一些崇高的言論，譬如死有重如泰山；譬如人生為信念為理想而活，但每個時代都有可以有自己的格言，沒有誰能否定一代人的存在意義與中心思想。

六朝就是這麼獨特，這麼輕豔，這麼言不及義，這麼魯，這麼廢，這麼一個如哏圖「我就爛」的時代。

但不行嗎？我就爛不行嗎？一定要力爭上游，經世濟民，開天闢地，才是有價值有意義的人生嗎？

六朝人大概會問你：什麼是意義？

也就基於這樣的觀點與想法，我寫了《亂世生存遊戲》，向各位好好鄭重地介紹這些六朝的士人、貴族、作家、君王。他們或荒誕，或畏懼，或有些莫名其妙的言行，或表現出跟我們以前課本裡學到完全不一樣的面向。但這些都是真的，於史有據，於文獻可考，於論文所述。

在書裡我希望一方面引薦這個領域的新研究新成果，與各位補充課外知識。另一方面也希望讓對六朝文學並不熟悉的各位，重新認識這個時代。

《亂世生存遊戲》裡我並不按照時代先後，而是從職場、家庭、愛情與社群這幾個我們人生都會經歷的階段，試著以更貼近現代生活的方式，重新閱讀六朝人留下的文學作品與日常記錄。

若仔細推敲這些留存至今的文章，你會發現他們真的和我們非常像。或者說，如果你真的覺得眼前的時代是一個亂世，那你就更應該讀讀這一個時代的作品。

尤其你覺得在這個一切都徒勞厭世的時代。因為六朝的這些文章留存下來，提醒我們：沒有最厭世，只有更厭世。

但無論如何明天還是要繼續過下去，所以他們將作品保留下來──當然也不是全部，只有一小部分的作品。但就足以讓我們有了面對未來的勇氣。

不是因為他們比我們偉大，正好相反，因為他們比我們還廢。這些比我們更廢的人們都已經度過了他們的亂世，那我們自己的亂世又算什麼呢？

你不覺得這樣的負能量意外的勵志嗎？

感謝為本書企劃編輯行銷的同仁辛勞，本書大多數論點皆出自筆者所見的文獻資料，或經過筆者出於學術專業所作的解讀。當然研讀古代的資料文獻，各家有不同觀點，也可能有筆者歪讀誤解之處，文責理當由筆者自負。也希望各位透過本書，更進一步了解六朝這個混亂卻又充滿魅力的小小斷代。

亂世生存遊戲

從三國英雄到六朝文青都得面對的闖關人生

目次

輯一

職場生存法則——窮忙社畜靠邊站，閒閒的賢人正流行

輯二

豪門教養實錄——小時贏在起跑線，長大爆走無極限

輯三

來場傾城之戀——愛到改朝換代，愛到你死我亡

輯四

網紅網美出征——流量的戰爭，早就已經開始了

輯一

職場生存法則

窮忙社畜靠邊站，閒閒的賢人正流行

每個青年進入職場，可能都有一番雄心壯志。但六朝和其他時代很不一樣。在還沒有科舉的時代，所謂的「門閥政治」大行其道。高中時我們讀過所謂的「九品官人法」，根據出身與家世，將士人分為貴族與寒門。

因此，六朝名見經傳的作家，就算不一定是最核心的貴族，但父祖至少也都有任官的經歷。竹林七賢裡的嵇康，他的夫人是曹魏宗室；陶淵明的祖父陶侃是東晉名將；謝靈運是謝氏大族，而諸葛亮的先祖也曾任東漢校尉。

現在有些古文新解的書，喜歡說古人的「魯」（loser），但從客觀現實來說，六朝士人都不算魯。在這個黑暗動盪的時代，庸碌平凡一生也就算了，但既然身在魏闕，就可能遭遇各種想不到的危機。無論是剛經歷求職的菜鳥，已經開始能混就混的老鳥，或是想著提早辭職退休的老屁股，各方都有不得不的苦衷。這就是六朝，一個看似出生就當了勝利組，可以打混偷懶，卻又得小心翼翼掙扎求生的時代。

「三顧茅廬」，真的假的？

——菜鳥孔明求職記

雖然國文課綱規定高中必教的核心古文，在這幾年間經常被網友戰到飛起來，被鄉民檢討到吃手手，但講到「亂世」的生存與認同，恐怕還是要從咱們臥龍先生、諸葛亮的那篇神文〈出師表〉說起。

當然，〈出師表〉在臺灣被選入國文課本，確實跟那個年代的政治意識型態有些關聯。不妨看看這篇文章精美的開頭：「先帝創業未半，而中道崩殂。今天下三分，益州疲弊，此誠危急存亡之秋也……」等等，我怎麼有一種既視感？這不正是咱們那個風雨飄搖、救亡圖存、命懸一線的華國隱喻嗎？

苟全性命於「亂世」

我覺得真正和當前臺灣能連結的，大概是諸葛亮自述的「苟全性命於亂世」，更白話的翻譯就是「我是在生存，不是在生活」。

在動亂黑暗、朝不保夕的亂世，人們只能仰仗著生存的本能。活下來就是最後的籌碼，也是最大的報復（柯P表示欣慰）。而這樣的「亂世感」，或說「危懼感」，或許並不是整個魏晉南北朝士人共同的心境，但卻構成了六朝政治與社會環境很大一部分。所以中學課本裡的魏晉南北朝，說其時代混亂、政局黑暗……倒也不算是錯。

但〈出師表〉放在本書「亂世求生」的脈絡之中，其實還牽涉另一個課題，就是一介職場新人「初出茅廬」的形象，與自我抬價的辯證。

劉備為了請諸葛亮出山，不，這樣說太難聽，應該說擔任軍師，「三顧臣於草廬之中」，出自諸葛亮親自撰述。這件事應當不太可能是造假，因此後來的史傳也多半沿用此說法。

但仔細想想這件事，其實很反常態。一般來說菜鳥要找工作，到公司面試是正常，老闆親自來家裡請你去他的公司上班，這不太正常。

所以〈出師表〉在某種程度上，會不會是一種自我標榜呢？且更重要的，當時就已經有反面的史料，重新敘述這件事了。

我個人認為——我們對史料，對文獻，應當抱持著合理懷疑、小心求證的原則。因此，我們可以透過不同的史料，重新審視「三顧茅廬」一事，思考這個紀錄會不會有可能是諸葛亮掰出來的？

這整個推敲過程並不是我自己發現的，而是參考王文進教授的〈習鑿齒與諸葛亮神話之建構〉這篇論文。此文後來收錄於《裴松之《三國志注》新論》一書，各位若有興趣，也可以自行參酌。

王教授的這篇論文裡，提出了幾個相當精彩的論述。這位建構「諸葛亮神話」的習鑿齒是西晉的士人，籍貫在南陽，與咱們臥軌先生，不，我是說臥龍先生是同鄉，因此他的《漢晉春秋》與《襄陽記》兩書，雖然都已經亡佚，但經由裴松之的引述，得以保留下殘篇。

至於裴松之在注釋《三國志》的時候，則力求旁徵博引，收錄各家說法。因此我們可以還原「三國史」在編纂當中，不同政治勢力彼此帶風向，相互角力，重新著述歷史的過程。

我們以前都說「成王敗寇」，但事實上「王」沒那麼容易成就，「寇」也不是一天造成的，這個亂世夠亂了吧？讓人很容易就聯想到每日大戰的網軍們，以及所謂「百分之九十的媒體都在抹黑造謠」之類的傳說。

如果知道歷朝歷代都有媒體帶風向、網軍造神，而且我們現在的歷史其實就是透過這些存活下來的網軍所建構出的結論。不知道會不會讓各位的心情好一點？或是更差了呢？

是三顧茅廬，還是孔明主動撩劉備？

先不要扯遠了，以免害我被查水錶（被警察約談的意思）。言歸正傳，「三顧茅廬」的真實性應該頗高，王文進教授在論文裡也是這麼認為：

「三顧茅廬」的佳話其實早在魏晉時期就已經沸沸揚揚。根據目前所見的資料，最可信的應該就是諸葛亮自道的線索，《三國志．蜀書》載其〈出師表〉：「先帝不以臣卑鄙，猥自枉屈，三顧臣於草廬之中」。明確指出劉備曾經「三顧」諸葛亮草廬。陳壽亦在本傳中言道：「（劉備）遂詣亮，凡三往，乃見」。諸葛亮本傳收錄的〈上諸葛氏集表〉同樣載：「時左將軍劉備以亮有殊量，乃三顧亮於草廬之中」。以上史籍確鑿，足證「三顧茅廬」本當確有其事。

劉備主動求見諸葛亮，且確實拜訪三次（不是虛數），這應該是真的。但即便是事實，在那猶如現在一樣的三國亂世，難免就有被造謠或創造假新聞的可能性。

在王教授這篇論文裡，還提到了一個值得我們注意的曹魏士人——魚豢：

但此一段歷史佳話的流傳，並非永遠不起雜音波瀾，曹魏史家魚豢就處心積慮嘗試要破壞這段佳話。

話說這位魚豢是何許人？他是曹魏時期的士人，早年曾經有與王粲答辯的紀錄，入晉之後不仕，所以也應當是魏晉之際的人物。他私撰了《魏略》，但如今內容殘佚，我們如今只能看到裴松之注《三國志》時引用過的一些《魏略》殘篇。

而偏偏針對「三顧茅廬」這段，《魏略》就有另一個說法：

劉備屯於樊城。是時曹公方定河北，亮知荊州次當受敵，而劉表性緩，不曉軍事。亮乃北行見備，備與亮非舊，又以其年少，以諸生意待之。坐集既畢，眾賓皆去，而亮獨留，備亦不問其所欲言。備性好結毦，時適有人以髦牛尾與備者，備因手自結之。亮乃進曰：「明將軍當復有遠志，但結毦而已邪！」

這段簡單翻譯就是，劉備屯兵於樊城之時，曹操的鐵騎也正準備要揮軍南下，諸葛亮知道荊州馬上將成為目標，但他又嫌劉表太廢，抵抗不了曹操的威脅，於是北行謁見劉備。

而當時諸葛亮不過是個剛畢業的年輕人，還沒上過班。劉備想說這是哪位？菜鳥一個，要來找工作？根本不想鳥他。宴會結束，賓客散場之際，諸葛亮還留在席間等著劉備來搭訕自己，沒想到劉備還是無視他。

這時有賓客將牛尾做的編織小物送給劉備，因為劉備性好「結毦」，本來就喜歡玩編織品（別忘了，大家每次都罵劉備「織席販履之輩」），於是自己纏了起來（這是打毛線的意思嗎？），此時諸葛亮底迪（弟弟）終於「凍未條」，決定不矜持了，自己主動跑去開撩，對劉備說：「我一看將軍就知道你有大志，不要在那邊玩編織小物了好嗎？」

魚豢在《魏略》裡這段重述了劉備與孔明君臣遇合、如魚得水的史料，還加了一段：「《九州春秋》所言亦如之」，以增強自己的可信度。我們如今不確定魚豢有沒有讀到〈出師表〉的三顧茅廬，但即便有，他恐怕也會說那是孔明自己帶風向的假新聞，反正劉備、孔明等人早已不在世了，他們怎麼在一起的，其實沒那麼重要。如同現在去問爺爺奶奶當初怎麼會交往，兩個人都說是對方先追自己，差不多就是這樣。

對於魚豢的說法，其實裴松之作注的時候就有所懷疑，但他還是將《魏略》的史料保存下來，以顯示他對前行文獻的尊重：

臣松之以為亮表云：「先帝不以臣卑鄙，猥自枉屈，三顧臣於草廬之中，諮臣以當世之事」，則非亮先詣備，明矣。雖聞見異辭，各生彼此，然乖背至是，亦良為可怪。（《三國志注》）

裴松之說諸葛亮已經自述被三顧草廬，並非他先拜見劉備，但魚豢的版本竟然南轅北轍，即便年代久遠，可能會「聞見異辭，各生彼此」，各自衍生出不同的說法，但兩造說法相悖如此，實在太奇怪了。

說實話，我倒是覺得沒什麼奇怪的。這就是在不同政治立場與意識形態下，對歷史的不同記載與解讀。

至於前述提到的習鑿齒，王文進教授認為他為「三顧茅廬」一事畫龍點睛，將諸葛亮所居的「隆中」點明出來，更將「臥龍」、「鳳雛」這些如今聽來有點「中二」（中學二年級）的稱號也添加進去，讓諸葛亮變得更神化，更小說化。

七擒孟獲，又是騙你的？

王文進教授在論文中還提到另外一段也可能讓三國粉嚇到無言（不是無鹽薯條）的研究，就是所謂的「七擒孟獲」這件事。諸葛亮的〈出師表〉提過自己「五月渡盧，深入不毛」，但根據《三國志．諸葛亮傳》，並沒有「七擒孟獲」這麼戲劇性的紀錄：

> 頃之，（諸葛亮）又領益州牧。政事無巨細，咸決於亮。南中諸郡，並皆叛亂，亮以新遭大喪，故未便加兵，且遣使聘吳，因結和親，遂為與國。三年春，亮率眾南征，其秋悉平。軍資所出，國以富饒。

劉備剛過世，南中諸郡就叛亂了，諸葛亮先與東吳談和，建興三年（西元二二五年）的春天才率眾南征，三千兵馬分成二九九九路（這不是真的，是我看YouTube學來的），到了秋天就大功告成，平定了南蠻。

而裴松之注此段，引了習鑿齒的《漢晉春秋》，此時所謂的「七擒孟獲」這段資料才第一次出現在三國歷史：

亮至南中，所在戰捷。聞孟獲者，為夷、漢所服，募生致之。既得，使觀於營陳之間，問曰：「此軍何如？」獲對曰：「向者不知虛實，故敗。今蒙賜觀看營陳，若祇如此，即定易勝耳。」亮笑，縱使更戰，七縱七禽，而亮猶遣獲。獲止不去，曰：「公，天威也，南人不復反矣。」遂至滇池。

這段敘述已經和《三國演義》差不多了，孟獲被抓到，一時輸不起，說因為不了解蜀軍虛實，讓他先摸清楚蜀軍紮營布陣的狀態，南蠻軍必然能取勝。於是諸葛亮就七擒七縱，孟獲這才願意投降，承認諸葛亮天威難犯，從此南蠻不復叛亂。

當然，這種造神我們當代很常見，為什麼可以說這也是瞎掰的？因為在正史《三國志》裡有〈李恢傳〉這一篇，提到南征的細節與後續發展：

丞相（諸葛）亮南征，先由越嶲，而（李）恢案道向建寧。諸縣大相糾合，圍恢軍於昆明。……南土平定，恢軍功居多，封漢興亭侯，加安漢將軍。後軍還，南夷復叛，殺害守將。

李恢的軍隊才班師回朝，就遭「南夷復叛，殺害守將」，這是怎麼回事？所以說七擒孟獲，南疆從此底定，南人不復造反，原來只是在哈囉嗎？只能說你知道的太多了。試想一個身世普通的菜鳥上班族，一路打拚，終於當到丞相，難免有一些唬爛的事蹟。更何況若不是這樣唬很大，後代也就掰不出來像《三國演義》或《真・三國無雙》，以及《火鳳燎原》這些二創的動漫、電玩啊！

就像現在很多的職場書、勵志書會告訴你「哪有工作不委屈」、「功勞只有你記得」等等。其實古典時期就已經開始就搞這套了吧？正史上明明記載李恢衝鋒陷陣，在得不到諸葛亮的支援下，以少勝多，但後來不知道怎麼就變成諸葛亮天威蓋世，孟獲被七擒七縱等等的造神運動。也只能說一切都是一場good show啦！

當然，這樣的造神與當今選舉時期的造神，恐怕還是不盡相同（叮咚，真的要被查水錶囉！）。根據歷史學者陳寅恪的說法，南疆之所以能平定，有賴諸葛亮的「治實精神」，以及「攻心為上」的策略，這點倒也沒錯。在諸葛亮之後，即便南蠻亦仍有一些小叛亂，但大致上「夷漢粗安」，與南蠻的關係相對穩定下來了。

陳寅恪也提到：諸葛亮的治實精神也表現在他的軍事發明上，像我們熟悉的連弩、木牛、流馬，甚至據說諸葛亮穿戴的「筩袖鎧帽」，「二十五石弩射不能入」（《宋書》），意思是說他發明的鎧甲，厚實到連二十五石那麼強勁的弩箭都射不穿，所以雖然七擒孟獲可能是唬的，但咱們諸葛村夫可真的是個發明家無誤。

回過頭來說，我覺得「歷史」值得我們借鑒吟詠的地方，其實就在於它背後的多元成因與多元詮釋。這幾年的教育趨勢很強調「思辨」與「素養」，以人文學科來說，我認為這就是所謂的「人文素養」。

因為閱讀與思辨構成了人文素養的本質，思辨並不是憑空瞎想，必須立基於史料文獻之上。以前我們在課本上學了〈出師表〉，背誦過「三顧茅廬」，但看一個「躬耕南陽」的菜鳥，從普通庶民到成為蜀漢的丞相、亞洲政治強人，諸葛亮遭到的抹黑造謠也不少，這可能也是一個成功人物在職場求生的形象。

然而，諸葛亮的忠義事蹟還是流傳下來了，甚至透過神話的姿態。這當然有點造神，或許更無奈地說——歷史就是一場造神的過程吧！

流傳兩千年的馬屁文學
——同題共作

我們若對中國古代的官僚體系稍微有理解，會聽過「科舉取士」這個概念，但科舉從隋代才開始，到唐代逐漸成為取士主流。在六朝這個門閥政治的時代，基本上不來這一套。

高中歷史課所教的六朝的政治制度，大概都會提及所謂的「九品官人法」，或「上品無寒門，下品無世族」等關鍵。雖然這感覺滿爽的，只要是上層階級，一出生就註定有官可以當，但當一群貴族混在一起，難免有許多職場規則要遵守。

好比政治集團或文學集團間的「同題共作」（指訂定同一個題目，由在場文人同時來寫作），就成為他們日常必備的官場能力。這些作品在後代看來頗不值得一提，大概都是在讚嘆主公、拍馬屁，但在職場上卻是大大地有用。

「拍馬屁文化」由來以久

「同題共作」的歷史應當可以上溯到先秦時期，楚國的襄王、宋玉、唐勒與景差這些文士。楚王興致一來，就要他這些「言語侍從」為他寫賦：

楚襄王與唐勒、景差、宋玉遊於陽雲之臺。王曰：「能為寡人大言者上座。」……至唐勒曰：「壯士憤兮絕天維，北斗戾兮太山夷。」（宋玉〈大言賦〉）

楚襄王既登陽雲之臺，令諸大夫景差、唐勒、宋玉等並造大言賦，賦畢而宋玉受賞。王曰：「……而天地位，三光並照，則大小備。能大而不小，能高而不下，

非兼通也。能粗而不能細，非妙工也。然則上座者未足明賞，賢人有能為〈小言賦〉者，賜之雲夢之田。」（宋玉〈小言賦〉）

即便這樣的作品被認為是魏晉士人托偽而作，但大抵表現了文學集團的運作模式，就是領袖要求僚臣寫作，而集團成員即席寫出來取悅長官這樣。

前述的〈大言賦〉與〈小言賦〉，重點在於「言大」與「言小」，什麼意思？這有點像是「吹牛比賽」，楚王要他的三個言語侍從——宋玉、唐勒與景差以「大」為主題，看誰形容的「大」最大，誰形容的「小」最小（我到底看了什麼？），基本上和鄉民嘴豪自己的三十公分，嗆別人的三公分差不多。

我們後來的國文課或文學史都不太教這樣的作品。它們被認為只是純粹無意義的遊戲之作，只為戲謔或討好君王，而不足為取法。當然，我覺得這還是跟我們如何看待文學有關。這些同題共作並不是為了諷諫君王或文以載道寫的，但不能否定其功用，因為這是漢魏六朝士人升官發財的捷徑。也確實，後來這種文學集團的文學共作遊戲，正式成了士人上班閒暇之餘，拍長官馬屁、搶功勞、拚升遷的日常。

題目都一樣，寫的意思在哪？

六朝一代寫出非常多「同題共作」的文章，我這邊舉一個寫梧桐樹的例子，給各位看看六朝士人如何進行這樣的「同題共作」。可以確定的是，我們的課本未來恐怕也不會選入這些貌似無意義的作品。但它們其實具有當下的現實意義——就是讓自己好好地活下去，說不定還可以在仕途上更上一層樓：

植椅桐於廣囿，嗟倏忽而成林。依層楹而吐秀，臨平臺而結陰。乃抽葉於露始，亦結實於星沈。……匪伊楚官側，豈獨嶧山岑。邈蒿萊之難儷，永配道於仙琴。

（蕭子良〈梧桐賦〉）

梧桐生矣，於邸岫之曾隈。移龍門於插榦，佇鳳羽以抽枝。……同歲草以委暮，共辰物而滋榮。豈歲心於自外，寧有志於孤貞。（王融〈應竟陵王教桐樹賦〉）

龍門之桐，遠望青蔥，專巖擅嶺，或孤或叢。枝封暮雪，葉映晝虹。抗蘭橑以栖龍，拂雕窗而團露。喧密葉於鳳晨，宿高枝於鸞暮……遶齊絲於碧林，豈慚光於若木。（沈約〈桐賦〉）

蕭子良是齊代的皇室，被封為竟陵王，而王融、沈約，以及我們後面會介紹到——李白超粉的謝朓，合稱為「竟陵八友」。意思就是跟著竟陵王蕭子良，每天唱和吟詠的小夥伴啦！

但這群「竟陵八友」也不是一般的小夥伴而已，他們開創了所謂「永明體」，確立了詩歌的聲律說，開啟了唐詩格律的時代。

當然，這是從後視昔，我們好不容易替永明體詩人找到的貢獻。從前述三篇〈梧桐賦〉來看，基本上就是蕭子良寫了第一篇，給他的屬下們逐一拜讀，看看你們的老闆是不是好棒棒？結果一看不得了，其實也沒多好，但王融、沈約就趕快詩興大發，一人也寫一篇。因此就有了所謂的「應竟陵王教」而寫成的作品。

說起「梧桐」的典故，六朝士人都很熟悉漢代辭賦家枚乘的〈七發〉，〈七發〉

裡的龍門之桐後來被製作成桐木琴，於是蕭子良在賦裡寫到「永配道於仙琴」；王融寫「移龍門於插幹」；沈約則寫「龍門之桐」，都是共用了這個典故。

而這樣的共作還有個獨特之處就在於，結尾必定要「歌頌功德」——不是拍長官馬屁，說朝政清明，四海昇平；就是藉著文章來託喻自身高潔的情志，表述對長官、對朝廷、對國家的一片忠心。

譬如同樣是竟陵王集團寫「松樹」的兩篇共作：

山有喬松，峻極青蔥。既抽榮於岱丘，亦擢穎於荊峰。受靈命於后土，方虞舜以齊蹤。……隆冰峨峨，飛雪千里。嗟萬有之必衰，獨貞華之無已。積皓霰而爭光，延微飆而響起。（王儉〈和竟陵王子良高松賦〉）

爾乃青春爰謝，雲物含明，江皋綠草，曖然已平。紛弱葉而凝照，競新藻而抽英。陵翠山其如翦，施懸羅而共輕。……豈彫貞於歲暮，不受令於霜威。（謝朓〈高松賦奉竟陵王教作〉）

我知道多數人看到古文就直接跳過，其實這細節也不用多談，大概就是在形容松樹之高與禁得起霜寒的考驗（以下省略五百字）。總之，重點在於最後的兩句或四句，譬如「獨貞華之無已」、「不受令於霜威」。意思就是松柏不凋於歲寒就像作者我本人一樣，那麼堅貞不移，相信政府相信黨，真是好棒棒。

相信領導相信黨，寫就對了

我的博士論文就是研究這些文學集團同題共作的作品，記得有一次舉辦講座時，讀者問到在這些作品當中，有沒有值得欣賞的？得告訴各位，實話是——我認為這些作品實在不能算得上好。

一來它們以歌頌功德、表述衷腸為主旨；二來它們多半是在有限的時間內掰出來（畢竟文學集團共作的場合，都是一場宴席的時間，不太可能給你三天三夜慢慢寫），很容易就千篇一律、了無新意。於是形成同一個主題、意象、典故，反覆挪用。不過這也無奈，一種植物的典故就那幾個，最後當然就是你抄我，我抄你。更無奈的是這些同題共作、歌功頌德的作品占了六朝文學非常大量的篇幅，也讓當時許多負盛名、有才華的作家，都將心力耗費在同題共作之上。

不過再仔細想想——這件事你意外嗎？當一個公司或職場逢迎拍馬之風盛行，每個社畜不都將心力花在拍長官馬屁，阿諛奉承高層好棒棒之上？時間一久，真正做事的人出不了頭，整個單位多半是完蛋了。

因此嚴格來說，六朝文學在後代顯得那麼弱勢，被後來的古文大家貶抑，也是因為如此的大環境與時代風氣使然。不過我是覺得凡存在必合理，要說這些作品沒意義，端看我們對「意義」的定義為何？這些同題共作或許沒有文以載道的寓意，或流芳百世的格局。但對當時士人來說，寫這些無意義的作品，卻是他們官宦生涯的很重要的一部分。

因為這些作品，讓他們可以盡情歌功頌德，表述衷腸，告訴長官自己的價值，好讓自己在這個隨時都可能惹禍上身的時代，安全生存下來。這難道不算這些作品的意義嗎？

我們現在看蕭統編纂的《昭明文選》中，詩的前幾個主題就是「公讌」與「應詔」。而且值得我們注意的是，光是「贈答」就分成四章，比其他山水、遊覽等主流題材都要多上一倍。

因為只要宴會就會同題共作，只要餞別就要寫詩互相贈答，各位可以想見，這些作品對六朝士人來說有多重要了。

接著我們可以實際來看六朝人所寫的「公讌詩」與「贈別詩」，他們到底都在寫些什麼。

每天開趴打鐵夜

「公讌詩」的「讌」，基本上就通宴會的「宴」這個字，因此這一類收錄的都是在老闆辦的派對上寫的詩。既然是派對，很high、很讚、很好玩是一定要寫的。所謂不怕你不玩，怕你玩不完。

我們來看曹植跟王粲、劉楨這三位建安時期代表作家的〈公讌詩〉：

公子敬愛客，終宴不知疲。清夜游西園，飛蓋相追隨。明月澄清景，列宿正參差；秋蘭被長坂，朱華冒綠池；潛魚躍清波，好鳥鳴高枝。神飆接丹轂，輕輦隨風移。飄颻放志意，千秋長若斯。（曹植〈公讌詩〉）

昊天降豐澤，百卉挺葳蕤。涼風撤蒸暑，清雲卻炎暉。高會君子堂，並坐蔭華榱。嘉肴充圓方，旨酒盈金罍。……古人有遺言，君子福所綏。願我賢主人，與天享巍巍。克符周公業，奕世不可追。（王粲〈公讌詩〉）

永日行遊戲，懽樂猶未央。遺思在玄夜，相與復翱翔。輦車飛素蓋，從者盈路傍。……靈鳥宿水裔，仁獸遊飛梁。華館寄流波，豁達來風涼。生平未始聞，歌之安能詳？投翰長歎息，綺麗不可忘。（劉禎〈公讌詩〉）

曹植開頭竟然就在讚嘆曹丕：「公子敬愛客，終宴不知疲。」等等，你說這兩位基情兄弟，不是有著相愛相殺的歷史嗎？這個問題要等到〈兄弟間的激情〉一文（見一二五頁）再來好好辯證。

中間記遊寫景的部分，為了避免太家看到想睡，我就翻個大概，基本上就是在飯店吃buffet，在池畔鴛鴦戲水（喂喂，沒有這一段），總之只要知道大家玩得超high，鬧得超狂就對了。

而曹植這首詩的最後幾句是重點：「飄颻放志意，千秋長若斯。」曹植的願望是跟這些文友長相廝守，不，這樣未免太基情，應該說朝夕相處，等等，還是一樣啊？就是大家能永遠像現在這麼快樂。

至於王粲的結尾更狗腿一點，他說：「願我賢主人，與天享巍巍。克符周公業，奕世不可追。」這裡的賢主人指的是曹操。王粲表示：希望我們敬愛的曹丞相壽與天齊，進而超越當年周公建立的功業。

這裡很顯然有一個前文本，就是曹操〈短歌行〉說過的「周公吐哺，天下歸心」。當然，就現實來說，想要超越周公的功業，這未免馬屁到太狗腿，只能說「呱張」（誇張）。

相比而言，劉楨的詩就稍微收斂一點，他形容自己能夠進入曹魏的政治集團，就像「靈鳥宿水裔，仁獸遊飛梁」，良禽擇木而棲，真的好感動，希望能夠永遠記得這樣與文友齊聚，與長官酣樂同飲的宴會——「綺麗不可忘」，實在太美好啦！

贈答詩：客套的文人日常

描寫宴會場景的詩歌，確實是當時文壇的主流。此外，這也顯示出六朝貴族的奢華鋪張，上層階級的縱情享樂。因為六朝的上層階級時常舉辦這種派對，所以每當有士人因外派而遠遊，大家又有機會聚在一起酣飲餞別，於是就誕生了數量超過山水遊覽的贈答詩。

前面提到的竟陵八友，在都城金陵過了幾年美好時光，到了齊永明八年（西元四九〇年），永明體的代表人物謝朓奉命前往荊州，擔任蕭子隆的「文學」這個職務，即將要離開他的基友，不，應該說文友。於是沈約、王融等人在夜裡替謝朓餞別，每個人分別寫成一首贈別詩，就叫做「餞謝文學」，讓我們來看這一組詩歌：

所知共歌笑，誰忍別笑歌。離軒思黄鳥，分渚蔓青莎。翻情結遠旆，灑淚與行波。春江夜明月，還望情如何。（王融〈餞謝文學離夜詩〉）

汀洲千里芳，朝雲萬里色。悠然在天隅，之子去安極。春潭無與窺，秋臺誰共陟。不見一佳人，徒望西飛翼。（劉繪〈餞謝文學離夜詩〉）

差池燕始飛，羃歷草初輝。離人悵東顧，遊子愴西歸。清潮已駕渚，溽露復沾衣。一乖當春聚，方掩故園扉。（虞炎〈餞謝文學離夜詩〉）

漢池水如帶，巫山雲似蓋。瀄汨背吳潮，潺湲横楚瀨。一望沮漳水，寧思江海會。以我徑寸心，從君千里外。（沈約〈餞謝文學離夜詩〉）

要說這些詩有沒有很感人，也還可以啦。但仍然存在著老問題，就是比較千篇一律了些。因為謝朓從建康到荊州，旅程是由東往西走。所以劉繪寫「不見一佳人，徒望西飛翼」；虞炎則寫「離人悵東顧，遊子愴西歸」，都是類似的意思。

又因為是贈別餞行，所以詩的結論大概也都是客套話，像王融的「春江夜明月，還望情如何」，意思是「以後像這麼美好的夜晚，沒有謝朓的陪伴，我們該怎麼辦啊？」；至於沈約的「以我徑寸心，從君千里外」就更基情了，意思就是我雖然不能陪著你去，但送你離開千里之外，我的小心肝永遠陪著你。

六朝由於特殊的「州府雙軌」制度，所以士人們經常荊州、江州等地宦遊，外派輪調，而這群專業詩人也就經常在贈別，所以這些詩，即便在用詞遣字非常誇張強烈，但其實只是場面話。

我想，這不也是非常類似現代職場的行為嗎？有主管要離職，或有長官要退休，大家心裡其實爽歪歪，但是都來到歡送會現場了，免不了還是要假哭假鬧一下，老人家這才心甘情願退休領年金，你說對吧？

所以我覺得後來的文學史家，都批評六朝詩徒具形式，千篇一律，題材重複，情感單調，這雖然不算錯，但真的沒有具備同情的理解，把真實職場的困難帶入這樣的情境。

要知道，贈別詩這種東東，如果寫得太冷調、太無感，人家難免覺得你這個人連社交都不會嗎？但如果寫得太認真、太真摯，到時候老屁股又決定不退不休了，繼續當你的主管，那可怎麼辦？所以當然是稍微浮誇，但又還是滿滿的客套，這才是真正地理解人情世故。

從這個角度看，一群文人在派對和餞別宴上字字珠璣，邊掰典故邊寫詩，內心還要吶喊著「我容易嗎我？」真的也是不容易。只能說我們的職場文化風氣，從千年之前到現在，幾乎沒有太大的改變啊。

六朝「反正我很閒」——a.k.a竹林七賢

之前有個在YouTube上爆紅的團體「反正我很閒」，以樸實日常的演出，表達現代資本主義社會裡被壓榨的上班族——也就是所謂「社畜」——爆肝血汗的無奈日常，因為每支影片都隱喻豐富，創造出了超高的點閱率。

如果把這種小人物的日常苦悶與悲憤，放回到六朝時代，「竹林七賢」大概就是如樂咖、鍾佳播這樣的人物。

「竹林七賢」這個名號起源，出自於東晉孫盛私編的史書《魏氏春秋》：

（嵇）康寓居河內之山陽縣，與之游者，未嘗見其喜慍之色。與陳留阮籍，河內山濤，河內向秀，籍兄子咸，琅邪王戎，沛人劉伶相與友善，游於竹林，號為七賢。

「未嘗見其喜慍之色」就是說嵇康是個面癱的人，而面癱這件事在當時其實是名士風雅的展現（真的假的？）。這時有阮籍、山濤等六個人和他超麻吉，一起在竹林裡耍廢，於是「號為七賢」。

過去的學者如陳寅恪、唐翼明在研究中都已經指出：所謂的「七賢」雖然有一起從遊的記錄，但不見得就是同一派。也確實，在嵇康最驚世駭俗、讓眾人讀到傻眼貓咪的〈與山巨源絕交書〉裡，就曾經宣告過他要與山濤「絕交」這件事。

你可能會想：拜託，都幾歲了？要跟朋友絕交還要昭告天下，是有多幼稚啊？不過一來，這個「絕交」與我們現在的釋義不完全一樣；二來，嵇康與山濤其實代表了竹林七賢裡兩派截然不同的屬性。

竹林七賢其實還分三派

唐翼明在《魏晉清談》書裡提到，所謂的七賢「游於竹林」，可能不過只有幾年的時間，且像劉伶、阮籍等，大概就只是一起喝酒幹譙時事的酒友。

陳寅恪的學生萬繩楠則認為竹林七賢實際上應該要分成三派，第一派是我們想像中的竹林七賢，放浪形駭，不居禮教，以嵇康與他的小夥伴向秀為代表。

嵇康是個典型的反文化人物，他的老婆（你沒看錯，竹林七賢代表竟然不是單身狗）出自於曹魏的宗室，所以他與西晉司馬氏之間就存在著矛盾。同時，嵇康本身還是個天生反骨的Wacky Boy，他「非湯武（商湯王、周武王）而薄周孔（周公、孔子）」（〈與山巨源絕交書〉），把儒家的聖人都幹譙了一輪，算是徹頭徹尾的的反骨人格。

第二派則是阮籍，他代表偏向世族的中間派，而劉伶、阮咸跟他經常混在一起，飲酒作樂，這就形成了酒友的關係。

至於第三派則是王戎、山濤，代表的是西晉司馬氏貴族階級，基本上當狂人只是當興趣的，有點像所謂的權貴裝成庶民（是在說誰？），或黨政高層跑去百姓家裡long stay體驗生活。

阮籍劉伶玩什麼？盜用公物

先說阮籍與劉伶這兩咖好了，劉伶最瘋狂的事蹟，就是很多人都知道的，他喜歡在家裡不穿衣服，當裸族的故事。這件事出於《世說新語》：

劉伶恒縱酒放達，或脫衣裸形在屋中，人見譏之。伶曰：「我以天地為棟宇，屋室為幝衣，諸君何為入我幝中？」（《世說新語．任誕》）

這話說得很坦蕩，就是劉伶以天地為屋，以自己的房間為衣服，所以在家裸體是我涼快，我驕傲。而他跟阮籍是怎麼結盟的呢？同樣在《世說》的〈任誕〉篇提到：

步兵校尉缺，廚中有貯酒數百斛，阮籍乃求為步兵校尉。

在此段之下，劉孝標作注時引用了《文士傳》，補充說明此事的始末：

（阮）籍放誕有傲世情，不樂仕宦。……後聞步兵廚中有酒三百石，忻然求為校尉。於是入府舍，與劉伶酣飲。

簡單翻譯一下就是說：阮籍原本自視甚高，完全秉持「我就爛」的厭世原則，不上班，不當官，也拒絕當社畜。不過他愛喝酒，自己買酒還花錢，此時這時阮籍聽說了一個「步兵校尉」的爽缺，怎麼說是爽缺呢？因為校尉管轄的廚房裡，「貯酒數百斛」，可以暢飲放題（喝免錢的意思），於是就興致沖沖地跑去投履歷。

阮籍自己盜喝公酒也就算了，應徵上了之後竟然找酒友劉伶一起來酣飲。等等，然後呢？正常就會被因為盜用公物、貪贓枉法被移送法辦才對吧？你才知道竹林七賢原來是這樣玩的啊！

爾後阮籍就當了步兵校尉，被稱為「阮步兵」。而與他同樣嗜酒的劉伶，後來流傳了一篇神文〈酒德頌〉，讚嘆自己酗酒成癮的人生：

無思無慮，其樂陶陶。兀爾而醉，豁爾而醒。靜聽不聞雷霆之聲，熟視不見太山之形。不覺寒暑之切肌，利欲之感情。俯觀萬物之擾擾，如江漢之載浮萍。

大意就是說酒醉之後看也看不清楚，聽也聽不到，寒暑渾然無感，利慾無動於衷，這不就是魏晉玄學追求的聖人形象嗎？我們現在可能會認為七賢言行怪誕，或故作姿態，但放在魏晉玄學盛行的時代脈絡下，一切都有跡可循了。

總之，這個充滿矛盾的「竹林反正我很賢」組合，就這樣成為歷史上狂傲放蕩、不拘禮教的代表人物。說實話也是有點怪，畢竟這三組人的性格與目的完全不同，有段時間廝混過，即便很快就各自單飛了，從此仍以「竹林七賢」的名號被記載下來。

情之所鍾，就是偶們（我們）啦！

再來，我覺得值得特別介紹的是王戎。王戎在《世說新語》有不少的記載，〈容止〉篇說他「形狀短小，而目甚清炤，視日不眩」。網路鄉民最愛吐槽沈復的《兒時記趣》，其中「能張目對日，明察秋毫」，原來就是學王戎的啊。

而王戎在《世說》裡最著名的事蹟，應當是〈傷逝〉篇裡「王戎喪兒」這一段。我覺得單從這則軼事，就可以看作是他對於玄學的深層反思：

王戎喪兒萬子，山簡往省之，王悲不自勝。簡曰：「孩抱中物，何至於此？」王曰：「聖人忘情，最下不及情；情之所鍾，正在我輩。」簡服其言，更為之慟。

讓我來簡單翻譯：王戎的小孩萬子夭折了（這個小名是因為打麻將時，想要自摸萬子取的嗎？）山簡前往探望，並安慰王戎，說小孩是什麼玩意兒？不過就是抱在懷中之物，何必這麼難過？

講到這邊，一般人可能會覺得山簡這人是怎樣煤銅鋰鋅（沒同理心）啊？但其實魏晉玄學推崇易老莊，《莊子》有所謂「一死生」、「齊彭殤」的說法，就是說生與死其實只是自然的變化，沒什麼好悲傷；而相傳活到八百歲的彭祖，與剛出生便夭折的嬰孩，放進宇宙時間來說，也沒什麼差異。所以世間萬物都是齊一的，沒有必要為之喜慍於色。

這話聽起來有道理，但實際要做到可沒那麼容易。於是王戎說了一段很深情也很貼近現實的話：「聖人忘情，最下不及情；情之所鍾，正在我輩。」聖人如莊子可能可以忘情，資質駑鈍的下等人還察覺不到情感，會因為感情牽動而悲喜的，正是你我這樣的人啊。

你可以想像，在六朝這個隨時朝不保夕的亂世，無論對庶民或貴族而言，生命都隨時可能遭遇威脅，或至少橫生枝節（我們現代又何嘗不是？），所以他們選擇了道家那套哲理，希望能忘卻死生的煩憂，追求心如止心，或至少「未見喜慍之色」，不要把喜怒哀樂表現於臉上。但活在世界上，真的做得到嗎？

於是王戎以「情之所鍾」為自己與同輩士人找了一種解釋。我們知道有個目標要達成，知道最高境界是什麼樣子，但往往做不到。王戎並不是「我就廢」地厭世放棄了，而是給自己的感傷找到一種解方。於是山簡被他說服了，跟著王戎一起為這個夭折的孩紙（孩子）感到悲傷。

玄學是假掰嗎？

說起來，王戎在竹林七賢中，代表的正是調和「名教」與「自然」的一派。

要知道，儒家的君臣父子等倫常觀念，在漢代獨尊儒術後，成為上層階級統治駕馭臣民的法則，然而時至魏晉，災禍橫行，開始流行所謂的清談與玄學，士人討論著「崇有貴無」（這是清談的兩種重要論題，重點在於討論「有」與「無」的辯證）這一類玄虛的論題。但儒家強調的是「名教」（即禮法、體制等規範），道家講求的是「自然」，這兩個違和的本體勢必要達成調和，於是才有了如嵇康這般「越名教而任自然」，以及像王戎、郭象這般「名教即自然」的不同解釋路徑。

更白話地來說，有些士人基本上排斥名教禮法，放浪形骸，為的是達到老莊的自然之旨；但另外一派的士人則藉著維繫體制、恪守典章制度，在此間體會自然。

《晉書．阮籍傳》有段記載：「（阮瞻）見司徒王戎，戎問曰：『聖人貴名教，老莊明自然，其旨異同？』瞻曰：『將毋同』。」這「毋同」的意思就是沒有差別。名教與自然沒有差別？難道王戎與阮瞻這夥人也懂「時空背景不同之術」的雙重標準嗎？但其實這就是魏晉士人滾動修正的方式。

我們現在來看「名教即自然」，或所謂「身在魏闕之中，心遊江海之上」，可能會想著，他們是不是刻意假掰或矯情？明明想當官，還要說什麼追求老莊之學？但我覺得這就像「情之所鍾，正在我輩」的說法一樣，是一種新論述的建構。

其實世界上很多事都沒有截然的二分。沒有絕對的正確，或絕對的正義。我們經常得用一種論述去包裝，去重新解釋與商榷。而「名教即自然」就是「調和儒道」的法門。或許「儒家」與「道家」本質上差異非常大，但當他們並行在世間的時候，就需要一種調和的解法。

與西方哲學那種先建構主體論、概念先行或理論先行的處世方法不同，中國哲學往往更重視實踐，所謂「知易行難」即是如此。就算如王陽明說的「一心發動，即是善惡」（意思就說不用等到實踐，只要有了善惡的念頭，就算有了善惡之別）卻也強調得在「事上磨練」。因此，所謂的正義、正確，道德與否，其實都必須實際遭遇到困難，才能真正得到證明。

六朝是個典型的亂世，因此在亂世之中，一切都有被重新調整、微觀調控的可能性。至於現代，不又是一個亂世嗎？在亂世裡堅持正義、正確、進步或道德，是很重要沒有錯；但時時調整，這可能就是我們現在很愛講的「滾動式修正」。

所以我經常覺得思辨是很困難的，因為有時候並不是看似進步的、前衛的，毀棄舊有保守價值就等於進步。進步是辯證的，進步的思維隨著時代變遷、三觀的歪斜，隨時可能成為落後或退步，這也就是思辨真正困難之處——而我覺得這正是六朝的思想與文學給我們今日真正的價值所在。因為在還沒有文以載道的時代，在還沒有存天理、去人欲的時代，思想還存留著些許自由的可能。

當然，每個時代都有壓迫，都有限制，並不是只是號稱「守護某某價值」才是保守。有時候看似最進步的思維，其實反而限制了想像力。我覺得王戎與山簡的對話正是如此。山簡一心要服膺老莊之學，要齊物生死，誤以為流露真情就是境界不高，但他忽略了人生而為人的情感所由。進步過了頭，反而成了僵化的教條，這是我們這個時代同樣應當戒之慎之的。

一開始也是個上進職員的嵇康

最後我們談「竹林七賢」裡知名度最高的嵇康，他同時也是竹林七賢最具代表性的人物。

在劉宋時期，與謝靈運齊名的詩人顏延之，寫了一首〈五君詠〉，就已經把七賢刪除變成只剩下五賢。他這五首詩不甚好讀，但大抵看出來這幾個士人越名教而任自然的特徵：

阮步兵（籍）

阮公雖淪跡，識密鑒亦洞。沈醉似埋照，寓辭類託諷。長嘯若懷人，越禮自驚眾。物故不可論，途窮能無慟？

嵇中散（康）

中散不偶世，本自餐霞人。形解驗默仙，吐論知凝神。立俗迕流議，尋山洽隱淪。鸞翮有時鎩，龍性誰能馴？

劉參軍（伶）

劉靈善閉關，懷情滅聞見。鼓鍾不足歡，榮色豈能眩？韜精日沈飲，誰知非荒宴？頌酒雖短章，深衷自此見。

阮始平（瑀）

仲容青雲器，實稟生民秀。達音何用深？識微在金奏。郭弈已心醉，山公非虛覯。屢薦不入官，一麾乃出守。

向常侍（秀）

向秀甘淡薄，深心託豪素。探道好淵玄，觀書鄙章句。交呂既鴻軒，攀嵇亦鳳舉。流連河裏遊，惻愴山陽賦。

相對其他人飲酒，性情淡薄，顏延之提到嵇康的「龍性誰能馴？」。當一個人與時代格格不入到了極點，他必然過得很痛苦。

前述提到嵇康的夫人是曹魏宗室，所以他也還算是政治世家。且嵇康並不是一開始就是一個閃躲飄、能混就混的廢材。根據《晉書．嵇康傳》，裡面是這樣記載的：

康早孤，有奇才，遠邁不羣。身長七尺八寸，美詞氣，有風儀，而土木形骸，不自藻飾，人以為龍章鳳姿，天質自然。……與魏宗室婚，拜中散大夫。常修養性服食之事，彈琴詠詩，自足於懷。以為神仙稟之自然，非積學所得，至於導養得理，則安期、彭祖之倫可及，乃著養生論。

嵇康除了人高且帥，風儀綽約，天資過人，加上娶到曹魏宗室的女兒，少奮鬥不知道幾年，根本是人生勝利組。

只是他熱衷於道教神仙之學，嚮往的是安期生、彭祖這樣的神仙人物，並不太積極要出仕任官。如果發生在現在流行的求仙或修真小說裡，嵇康可能就是就是邀女主角一起求真修仙的花美男。

他到底嗑了什麼？也給我來一點

嵇康一開始也曾有過認真上進好青年時期。但他正式「ㄎㄧㄤ」掉，其實跟本傳提到的「常修養性服食之事」有關。

魏晉士人最早開始提倡這種嗑藥文化的當屬何晏，《世說新語》稱「何平叔云：『服五石散，非唯治病，亦覺神明開朗。』」。

五石散又稱寒食散，據說服食之後有病治病，無病強身，還能提振精神，渾身發熱，在現代肯定是管制藥物無疑。之前好像有個市長開玩笑說他能一日騎車達成南北雙塔，是吃了安非他命，如果認真說起來，這寒食散功能恐怕差不了多少。

魏晉這些士人在服食嗑藥之後，全身發熱，所以不能穿著窄衣，還必須要散步，這就是所謂的「行散」或「行藥」。

劉宋詩人鮑照有一首詩被收錄《文選》，詩名叫〈行藥至城東橋〉，就是在描寫嗑完之後high過頭的心情，不，應該說在描述行藥時，遊覽城中所見的風光物色：

雞鳴關吏起，伐鼓早通晨。嚴車臨迥陌，延瞰歷城闉。蔓草緣高隅，脩楊夾廣津。迅風首旦發，平路塞飛塵。擾擾遊宦子，營營市井人。懷金近從利，撫劍遠辭親。爭先萬里塗，各事百年身。開芳及稚節，含采吝驚春。尊賢永昭灼，孤賤長隱淪。容華坐消歇，端為誰苦辛？

前兩句鮑照寫自己雞鳴而出，原來是位早上起床就先嗑一管的好青年啊。接著感嘆「擾擾遊宦子，營營市井人」，整個城市的百姓或士人都為了營生奔忙，或在市集做生意，或準備上朝赴任；「容華坐消歇，端為誰苦辛」，年華就在這樣當社畜的時光裡浪費了，真是可憐啊（不禁想說誰像你一樣過那麼爽呢？）！

早上起不來，沒法上班啦！

也因當時這樣的風氣，如此行藥和行散的日常，嗑完藥之後茫掉的狀態，便成為嵇康辭官不就的理由。

在《晉書》裡記載著嵇康與另外一位竹林七賢人物山濤鬧翻的經過：「山濤將去選官，舉康自代。康乃與濤書告絕」。這位被嵇康絕交的山濤，跟王戎算是同一派，後來當了選曹郎，還推舉嵇康來接任。在太平時代當官是好事，在魏晉之際的亂世當官可能會害死人。於是嵇康氣噗噗寫了這篇著名的〈與山巨源絕交書〉，宣佈跟山濤解除好友並封鎖，竹林七賢正式拆夥。

在信中，嵇康陳述了幾點自己實在不適合任官理由。我只能說沒有最扯，只有更扯，不妨看看六朝世族閃躲飄的最高境界：

又人倫有禮，朝廷有法，自惟至熟，有必不堪者七，甚不可者二：臥喜晚起，而當關呼之不置，一不堪也。抱琴行吟，弋釣草野，而吏卒守之，不得妄動，二不堪也。危坐一時，痺不得搖性復多蝨，把搔無已，而當裹以章服，揖拜上官，三不堪也。素不便書，又不喜作書，而人間多事，堆案盈机，不相酬答，則犯教傷義，欲自勉強，則不能久，四不堪也。

嵇康舉了自己七大不堪任官的理由，前述列出四個就已經夠狂了，包括「臥喜晚起」，早上起不來，鬧鐘叫不醒；喜歡「抱琴行吟」，上班開小差去野外放鬆心靈；不愛洗澡，蝨子又多，沒辦法要搔癢就搔；不喜歡寫公文、寫字（哇哩咧，你竹林七賢當假的喔？），沒法承受案牘勞形。

其實仔細想想，穿衣寬鬆是為了隨時嗑藥散熱，而行吟草野也可能必須去野外散藥，簡單來說就是他根本嗑藥嗑到戒斷不了，想了一堆理由，最後只好宣稱和山濤絕交。實在也是標準竹林七賢的典範，這種狀況要是在今日公務員裡，早就被停職，然後送去勒戒所關押了。

我們過去學術界大抵上有一個標準的詮釋，稱嵇康或阮籍這種疏懶、放浪形骸的性格，是六朝人物「越名教而任自然」、「逃避現實，以全天真」的典型。魯迅也曾在〈魏晉風度與藥及酒的關係〉這篇著名的文稿裡談到：「飲酒則狂，服食則懶」，這都是六朝士人逃避現實與在黑暗政治裡苟延殘喘的求生法則。

「耍廢」算不算是一種選擇？

換個角度，更進一步來說，嵇康的選擇跟我們現在這個厭世與無力的世代有些類似。有許多時候我們不得不被迫表態，選邊站，或是得要承擔責任。

過去我們的儒家式教育都有一種捨我其誰的使命感，什麼「青年創造時代」，或「機會是給準備好的人」，所以就會有些人被動徵召出來，說什麼願意承擔任何重要職位，不惜粉身碎骨。

但事實上承擔也代表一種消磨。而道家式、玄學式的思考，就給了我們一種逃逸的可能。飲酒，服食，進入另外一種不清醒（或可能才是清醒）的狀態，於是有另外一種選擇的機會。

這幾年很流行把勵志語句當作格言或書名，類似「善良是一種選擇」，「你的善良必須帶點鋒芒」這一類的。但其實閃、躲、飄、逃同樣是一種選擇；耍廢、裝弱、當白痴也是一種選擇。所謂「能力愈強，責任愈大」，真的是這麼一回事嗎？還是只是超級英雄電影裡唬爛的金句呢？

嵇康在迷茫與清醒之間的切換，讓我想到陶淵明二十首〈飲酒詩〉中，有一首比較冷門的詩：

有客常同止，趣舍邈異境。一士長獨醉，一夫終年醒。醒醉還相笑，發言各不領。規規一何愚，兀傲差若穎。寄言酣中客，日沒燭當炳。（〈飲酒詩〉之九）

在這首詩裡，老陶講了一個很像哲學或詭辯的例證，有一個人「長獨醉」，有另外一個人「終年醒」。這兩個人到底誰比較愚笨，誰又比較聰明呢？

我覺得這就像很像一道腦力訓練的題目：有個旅人走到了一條岔路前，遇到兩個熟悉路況的人，其中一個人總是說謊，另一個人總是說實話，我們要怎麼確定哪一條路才是對的？

所以這首詩在詰問的狀況應該是：一個總是喝醉的人，是真的喝醉嗎？一個總是清醒的人，在一個朝不保夕的亂世，亡國感環伺的亂局，又怎麼能始終保持清醒呢？

嵇康做了一個玄學式的示範：我們可不可以在選擇題之外，找到另外一個選項——「以上皆非」。那些逃避任官或絕交的理由當然都不是理由，但人生在世，又何必要理由？

就像陶淵明這首〈飲酒詩〉的最後一句：「日沒燭當炳」，由於人生苦短，應該要炳燭夜遊，珍惜時光。當然，對四十歲就英年早逝的嵇康來說，他的離世還是太早了，就像那篇從此失傳的〈廣陵散〉樂章一般，令人低回感傷。

嵇康與他的打鐵生涯

讀到此處，你可能會有一個疑惑：早已遠離官場的嵇康，到底又是怎麼樣僅四十歲就被司馬氏處刑斃掉的？這還得從那個傲嬌屬性，猶如總裁系列的鍾會開始說起。

鍾會是司馬氏家族重要的權臣，他在少年時期就很仰慕嵇康的聲名，曾經寫了一本書叫《四本論》，希望請嵇康給自己一些指正，但卻又不好意思直接交給嵇康，於是丟進嵇康家裡後，就害羞地手刀逃走。簡直就是BL同人本的漫畫情節。

而兩個人真正接觸是在嵇康打鐵時發生的，不過這場戲還得介紹另外一個對照組，就是得到嵇康欣賞的人物，呂安：

（嵇康）性絕巧而好鍛。宅中有一柳樹甚茂，乃激水圜之，每夏月，居其下以鍛。東平呂安服康高致，每一相思，輒千里命駕，康友而善之。後安為兄所枉訴，以事繫獄，辭相證引，遂復收康。康性慎言行，一旦縲紲，乃作幽憤詩。

（《晉書．嵇康傳》）

根據《晉書》原文，是說嵇康性好鍛鐵，但後面又提到他年輕時因家貧而鍛，如果我們不要硬挑毛病的話，嵇康恐怕一開始以鍛鐵維生，後來即便不需要做這樣的勞動行為，他還是以此作為健身嗜好，所以每到夏天，就要在宅中柳樹下打鐵。

這位呂安後來因其兄呂巽的誣告而下獄，嵇康也因此受牽連，這點我們稍後再說。照前述本傳的說法，呂安只要一想念嵇康，就不遠千里地跑去探望他，嵇康也對其友善。真是……好有基情的敘述啊。

再來就是實驗組鍾會登場：

初，康居貧，嘗與向秀共鍛於大樹之下，以自贍給。潁川鍾會，貴公子也，精練有才辯，故往造焉。康不為之禮，而鍛不輟。良久會去，康謂曰：「何所聞而來？何所見而去？」會曰：「聞所聞而來，見所見而去。」會以此憾之。及是，言於文帝曰：「……（嵇）康、（呂）安等言論放蕩，非毀典謨，帝王者所不宜容。宜因釁除之，以淳風俗。」帝既昵聽信會，遂并害之。

看這段敘述，原來嵇康擺明大小眼嘛！同樣都是BL情節，人家呂安來訪，嵇康就與之友善；鍾會來訪，嵇康就「不為之禮，而鍛不輟」。這讓傲嬌的鍾會難以承受，後來鍾會就氣噗噗地走了，回去放話告發嵇康。

鍾會向當時的晉文帝司馬昭說：「嵇康和呂安這對狗男男（我看了什麼？），言論放蕩，非毀典謨，帝王者所不宜容。」反正就是愛不到，要他倆「卡慘死」就對了。

而呂安被誣告這又是怎麼一回事呢到底？根據干寶版本的《晉書》：

呂安，東平人。與阮籍、山濤及兄巽友善。康有潛遯之志，不能被褐懷寶，矜才而上人。安，巽庶弟，俊才，妻美，巽使婦人醉而幸之。醜惡發露，巽病之，告安謗己。巽於鍾會有寵，太祖遂徙安邊郡。遺書與康：昔李叟入秦，及關而歎，云云。太祖惡之，追收下獄。康理之，俱死。

看看，這呂安的哥哥呂巽根本就是那種會下藥迷姦的渣男，連自己的弟媳都不放過，爾後醜事被揭發了，他先發制人，誣告呂安毀謗自己。由於呂巽、鍾會和司馬家是同黨同派系，有關係就沒關係，這時沒關係的人就有關係了，於是呂安跟嵇康這對好基友，就因此受到牽連，被一起下獄叛了死刑。

覺醒青年營救被判死的嵇康

根據葉慶炳教授在《中國文學史》書裡的說法，嵇康惹禍上身，最後被殺害，實其錯在三點：首先他無禮的態度激怒了鍾會；其次是他在〈與山巨源絕交書〉裡對儒家思想的非難；其三就是捲入呂安和呂巽的家庭糾紛。但值得一提的是，嵇康要被行刑之前，在當時還引發了一場猶如白衫軍、太陽花的抗議示威活動，根據《晉書》記載：

> 康將刑東市，太學生三千人請以為師，弗許。康顧視日影，索琴彈之，曰：「昔袁孝尼嘗從吾學廣陵散，吾每靳固之，廣陵散於今絕矣！」時年四十。海內之士，莫不痛之。

嵇康將被斬首前，竟然跑出來太學生三千人，發難起義鬧學運，上凱道示威遊行，可見他在當時的名士風雅，已經成為太學生的偶像。不過畢竟那是集權時代，所以抗議無效，直接被驅離，只能說可憐啊。最後嵇康看著行刑時間將至，索琴來彈，這首就是世所著名的〈廣陵散〉，其後這首神曲就此失傳，只有在武俠小說裡才偶爾被挖出來，當成絕世祕笈。

當然，與其說嵇康擺爛耍廢又厭世，其實他對儒家思想根本上就不認同，對儒家文化建構的官僚體制與典章制度也並不信任，所謂的打混擺爛閃躲飄，也就只是表面的反抗與不合作。

相對於嵇康，同樣曾經有過抱負，最後大志難伸的謝靈運，每天蹺班去遊山玩水，則是另一種面對亂世而產生的厭世哲學，讓我們繼續看下去。

我蹺班，我驕傲

——謝靈運的厭世哲學

說起南北朝時期的大詩人，我們大概會想到所謂的「陶謝」——陶淵明與謝靈運。事實上陶淵明在當時名氣還沒有那麼大，至少無法與謝靈運並稱。

謝靈運開創山水詩一體，影響唐詩深遠。但他其實也是個頗任性妄為的人，從他的生平事蹟，還有專門用來炫富的〈山居賦〉，都可以看出他「有錢人的生活，就是這麼樸實無華卻高調」。

胸懷壯志的少年謝靈運

怎麼說呢？對六朝門閥制度有一定了解的朋友，肯定都聽過所謂的「王謝」大族。基本上就像課金抽卡牌的遊戲，開局抽到當王家或謝家的貴族，那就是人品爆發（運氣特別好）啦！

不過後來王謝大族也有些悲慘的經歷，隨著六朝覆滅，金陵摧毀，王謝世族的子弟成了市井小民，中唐詩人劉禹錫有兩句著名的詩：「舊時王謝堂前燕，飛入尋常百姓家」，曾經王謝大族的門庭，住的已經是尋常百姓，但春燕依舊在此築巢，令人感受到歷史的無奈，興衰的無情。

謝靈運是在那樣的大族裡成長的，他的祖父是東晉的車騎將軍謝玄，父親謝瑍也當過祕書郎，但似乎資質較差一些，根據《宋書．謝靈運傳》說：

> 祖玄，晉車騎將軍。父瑍，生而不慧，為祕書郎，蚤亡。靈運幼便穎悟，玄甚異之，謂親知曰：「我乃生瑍，瑍那得生靈運？」

爺爺謝玄這個人講話很實在又很機車，說像自己這樣有才能的人，怎麼會生出謝瑍這個笨孩紙（建議爸媽不要這樣打擊孩子的信心啊！），但謝瑍這麼個資質，又怎麼會生出聰明寶寶謝靈運呢？

總之，咱們謝靈運寶寶就在深受期待的家庭裡成長，因此他早年其實也懷抱著雄心壯志，有著經世濟民的熱情。他曾經寫過一篇文章〈勸伐河北書〉，對收復故國有過期待。而他最接近權力核心之時，大概就是劉裕北伐之際被派去勞軍，「奉使慰勞高祖於彭城」（《宋書．謝靈運傳》）。

我知道很多人會想說：「誰要看靈運寶寶來勞軍啦，我要看ＡＫＢ４８或周子瑜可以嗎？」但對謝靈運來說，這是他人生中非常重要的事蹟，此次長途行旅，他寫下〈撰征賦〉，賦的序裡提到：

皇晉鼎移河汾，來遷吳楚，數歷九世，年逾十紀，西秦無一援之望，東周有三辱之憤，可謂積禍纏釁，固以久矣。……塗經九守，路逾千里。沿江亂淮，溯薄泗、汳，詳觀城邑，周覽丘墳，眷言古迹，其懷已多。

靈運寶寶說，自從西晉播遷到了江南，已經整整一百二十年過去了（等等，竟然比我國偏安時期還要久啊？）這次他有機會一路北上，一覽神州故國，實在感慨良多。

而這才只是〈撰征賦〉的序，至於賦的內容比序還難懂，我們就不每段介紹了。開頭第一段原文是說：

系烈山之洪緒，承火正之明光。立熙載於唐后，申讚事於周王。疇庸命而順位，錫寶珪以徹疆。歷尚代而平顯，降中葉以繁昌。業服道而德徽，風行世而化揚。

大略翻譯一下此段，意思就是：我們家族的輝煌歷史，可以從唐虞商周開始說起（幹嘛不從宇宙大爆炸說起？），後來東晉南渡，至今也超過百年。這次有機會隨軍來到北方，「沿江亂淮」，度過長江，穿過淮水，千里長征；「詳觀城邑，周覽丘墳」，仔細看過這些北方的城邑丘墳，於是有了滿滿的感懷。感懷的內容是什麼呢？當然就是恢復山河，幹一番大事業。

說是這樣說啦，剛出社會踏入職場，誰不是對未來充滿志向？盤算著要幾年升遷，幾年存到幾桶金，然後提早過退休生活呢？然而世事往往不像我們安排的那樣輕鬆寫意。無論我們的善良有沒有鋒芒，但大部分的時候，鋒芒若沒被看到就跟不存在一樣。

幾年過去了，謝靈運愈來愈深感不受重用，當然，這跟他本身的人格特質也頗有關係：

高祖受命，降公爵為侯，食邑五百戶。起為散騎常侍，轉太子左衛率。靈運為性褊激，多愆禮度，朝廷唯以文義處之，不以應實相許。自謂才能宜參權要，既不見知，常懷憤憤。（《宋書・謝靈運傳》）

第一個，他「為性褊激，多愆禮度」，即是為人偏激，不守禮教；第二個，他「自謂才能宜參權要」，自己覺得做好準備了，要承擔重大責任，不惜粉身碎骨。重點就在於這個「自謂」，自己覺得沒鳥用，只能聊以自慰。結果就是沒得被重用，還被高祖劉裕下令「降公爵為侯」，意思就是被降級，導致他經常憤懣不平，開始走向崩壞，蹺班打混什麼都來，可憐啊！

不受重用，開始厭世的中年謝靈運

於是乎，一個原本懷著滿腔大志，但終於走向憤世嫉俗的厭世青年謝靈運，在此正式誕生。

不過，看官千萬不要忘了，謝靈運仍是謝氏家族的成員之一，是高門甲族之後，這個意思就是說，即使沒有被提名擔任重要職務也沒關係。

有本勵志書，標題叫《在顛沛流離的世界，你還有我啊》，對謝靈運來說則是「在顛沛流離的世界，他還有錢啊」。於是窮得只剩下錢的謝靈運，回到父祖在會稽蓋的高級農舍別墅：

靈運父祖並葬始寧縣，并有故宅及墅，遂移籍會稽，修營別業，傍山帶江，盡幽

居之美。與隱士王弘之、孔淳之等縱放為娛，有終焉之志。（《宋書・謝靈運傳》）

「終焉之志」本指謝靈運希望埋骨於此，但我們也可以看出來，靈運寶寶準備開始放縱自己了。到此，他經世濟民的大志，差不多也就ＧＧ（完蛋）了。

以前我們中學常讀到很多士人因貶謫而寫的山水遊記，國學常識往往會歸納成所謂的「抑鬱難伸，憤而縱情山水」。

這個大方向是沒錯，但有些士人縱情山水是還希望能夠受到重用，裝模作樣一下，把隱居當成「終南捷徑」；不過也有些士人從此徜徉於自然之中，再也不管世俗名教，從此遊山玩水，不復關心時政。

等等，你會有個問題，這時的謝靈運已經完全不上班了嗎？不，他其實是利用擔任會稽太守期間，蹺班請假去山水遊覽。

窮得只剩下錢的蹺班魔人

說起古人遊歷山川、縱情山水，我們可能會有個想像——就是他們拿著登山手杖，背著背包，像標準登山客打扮。但實際上可不是如此這般。

要想，古早山林幾乎了無人跡，要進入這些蠻荒、未開發之處，憑一、二人之力決計是辦不到的，所以史傳是這樣形容謝靈運這團人的誇張行為：

靈運因父祖之資，生業甚厚。奴僮既眾，義故門生數百，鑿山浚湖，功役無已。尋山陟嶺，必造幽峻，巖嶂千重，莫不備盡。登躡常著木履，上山則去前齒，下山去其後齒。嘗自始寧南山伐木開逕，直至臨海，從者數百人。臨海太守王琇驚駭，謂為山賊，徐知是靈運乃安。（《宋書．謝靈運傳》）

第一，他們穿木屐登山。你說：「不會吧？」但這就是六朝人的標準外出鞋啊。甚至為了增強抓地力，所以上山時削去木屐的前齒，下山則削去後齒。第二，謝靈運家族「生業甚厚，奴僮既眾，門生數百」，派個幾百人在前面開荒開路，根本就像開鑿蘇花公路那種陣仗。

當時有個小孬孬（a.k.a臨海太守）王琇，聽說有一群人在山林裡，伐木開山，濫墾濫伐，想說完蛋了，肯定有山賊團要來，後來才知道原來是隔壁縣太守老謝，蹺班來運動健行一下。

你再次嘆道：「不會吧？」遊山玩水就算了，還要找人伐木開墾，只能說貧窮會限制眾人的想像力，古代貴族的玩法，是我們如今難以想像的。

總而言之，謝靈運就在會稽度過了他看似悠哉清閒、實際上是大志不得伸展的時光（還動用了一堆奴僕幫他伐木開路，鑿山浚湖），寫下來那些經典的山水遊覽詩。

當然，我覺得謝靈運也是真心賞愛山水，在他知名的山水詩經典裡，寫到不少他整天縱情山水，流連忘返的意象：

昏旦變氣候，山水含清暉。清暉能娛人，游子憺忘歸。出谷日尚早，入舟陽已微。林壑斂暝色，雲霞收夕霏。芰荷迭映蔚，蒲稗相因依。披拂趨南逕，愉悅偃

東扉。……（〈石壁精舍還湖中作〉）

江南倦歷覽，江北曠周旋。懷新道轉迴，尋異景不延。亂流趨正絕，孤嶼媚中川。雲日相輝映，空水共澄鮮。表靈物莫賞，蘊真誰為傳。（〈登江中孤嶼〉）

「出谷日尚早，入舟陽已微」意思是說早晨時就出谷，回程已經傍晚時分，因此他賞玩了一日間各種光線、物色、山水之變化，發現到「昏旦變氣候」，隨著一年的不同季節，一天的不同時間，山水都有微妙的差異。我想恐怕得要真心熱愛大自然，才能寫出「雲日相輝映，空水共澄鮮」——雲彩與斜陽輝映，天空與水面渾涵一色——這般細微的觀察吧！

從學術的角度來看，謝靈運之前並非沒有描寫山水的詩歌，但直到謝靈運之後，山水遊覽才正式成為詩歌的主題與體類。他營造出一種「巧構形似」的新感性，透過華麗的詞藻，精緻的對偶，紛紜的意象，試圖去重現去描寫山水細微的變化。每個季節，每個月，乃至每一天的不同時刻，在不同光影變化之下，大自然都會有所差異，而大謝詩正用他精緻且精鍊的語言，表現出這樣細微的差異。這是從前的詩人在摹寫景物時所辨不到的。

雖然謝靈運詩的最後都會添足，記上一筆玄理或人生的體會，顯得有些刻意，因此後來學者如林文月教授也提出所謂的大謝山水詩「公式」之說。但我覺得可貴的是——這些詩歌在描寫物色時純粹是物色，看不到什麼「抑鬱不得志，只得縱情山水」的不甘願。

此點的重要性在於，這讓謝靈運不同於唐朝之後的那些被貶謫文人。以前老師教到古文八大家，總喜歡講他們「處江湖之遠，則憂其君」（范仲淹〈岳陽樓記〉），或「人知從太守遊而樂，而不知太守之樂其樂也」（歐陽修〈醉翁亭記〉）。但大謝詩並不是站在士大夫的高度，去思考什麼天下蒼生、與民同樂、樂以天下等等。在救國救民的志向再無機會實現後，謝靈運選擇另外一種放縱、放肆的身段。他真正融入山水，只擔心沒有知音（大謝詩經常用所謂的「賞心」來借代知音）能夠與之同遊。

即便跟著他遊覽的，都是他的奴僕（有錢人的遊覽，就是這麼樸實無華而枯燥），但他毫不掩飾、不假掰，遊覽的時候就忘卻那些先天下憂而憂，後天下樂而樂的儒家教條吧！當國家不需要自己，百姓不需要自己的時候，還能做什麼？當然就是擺爛啦！

我覺得在謝靈運身上，我們恰巧看到一個範例：有時候初入職場或社會的青年，難免把自己想得太重要，覺得自己應該被放在什麼位置，應該承擔什麼重要任務。但事實上就算沒有你，整臺機器依舊運行，地球公轉自轉，多了你或少了你根本沒差。

我不確定回到會稽，鎮日遊覽山水的謝靈運，有沒有體會到這一點，因為他最後還是因被認為有謀反之心而判了死刑，於廣州棄市。但謝靈運的山水詩與後來那些遊覽山水的古文確實很不一樣，那是真正的耽溺山水。我在想，唯有真正熱愛並理解大自然的詩人，才能創造出那麼繽紛綺麗的詩句，去描寫自己親眼所見的美麗世界。

老子不幹了可以吧？

——淵明葛格，母湯喔！

嘗試過艱難的求職，當過菜鳥，當過老鳥，拍過馬屁，歡送過長官，摸過魚，蹺過班，接下來就是我們雖然不願意很常見到，但卻難免發生的狀況——提辭呈。

對六朝士人來說，由於歷史課教的「政局黑暗，社會動盪，朝不保夕」等緣故，離職或被離職很常見，更慘的通常是被貶謫，或直接被死刑，就登出人生online，不必玩了。

不幹了，想回老家吃家鄉菜

因為怕被出征被黑掉，所以士人往往會想一些辦法先離職，保全自身安危，最著名的大概就是《世說新語》裡，西晉的張翰（字季鷹）：

張季鷹辟齊王東曹掾，在洛見秋風起，因思吳中菰菜羹、鱸魚膾，曰：「人生貴得適意爾，何能羈宦數千里以要名爵！」遂命駕便歸。俄而齊王敗，時人皆謂為見機。（《世說新語．鑑識》）

張翰當時任齊王曹掾這個官職，在洛陽發現秋天到了，忽然有個念想，想到吳中的野菜羹以及清蒸鱸魚，差不多是可以吃的季節，於是說了一句「人生貴得適意爾」，就辭官歸隱，吃野菜羹去了。

無論從哪方面來推測，這個行為都很ㄎㄧㄤ、很呱張。就好像某市長當完第一任，忽然想回老家吃新竹米粉，或某副總統剛上任，就想回臺南吃爌肉飯一樣，聽起來又瞎又不合邏輯。所以咱們劉義慶大大編的《世說新語》，記載了這件事，後面又加了一個即時更新的時事，以及時人的評論：「俄而齊王敗，時人皆謂為見機。」

《世說》畢竟是筆記小說，雖然書中人物大多有傳可考，但其中還是有些主觀推測的部分。譬如此處的「見機」，到底張翰是真的想回老家吃家鄉菜？還是已經注意到風向要變，大選將敗，齊王要被罷免？這其實已經不可考。但《世說》會站在一種後見之明的角度，加上編纂者的推論。

是真的嘴饞？還是職場投機？

張翰為了野菜羹辭官這事，後來的注解者大概都覺得滿獵奇，根據劉孝標所作《世說新語注》，就在討論到底這羹是有多厲害，一定要回江南才吃的到：「齊民要術八作羹臛法篇：有膾魚、蓴羹。則蓴北方亦有之，不必吳中。而季鷹思之不置者，以他處之蓴入秋輒不可食也。」意思是說雖然北方也有，但季節不對就不夠好吃。

對嘛，何夜無月？何地無滷肉飯、炒米粉？有時候，我們只是需要一個離開的理由。從這個角度來說，如果你真的想離職，急流勇退，只是找不到合適理由，張翰的這個例子雖然看似很瞎，卻可以給我們一定程度的啟發。

辛棄疾表示：可惡想吃

而張翰的故事在後來也成為滿重要的文學典故，南宋愛國詞人辛棄疾，有一首〈水龍吟．登建康賞心亭〉：

休說鱸魚堪膾，盡西風，季鷹歸未？求田問舍，怕應羞見，劉郎才氣。可惜流年，憂愁風雨，樹猶如此！倩何人喚取，紅巾翠袖，搵英雄淚。

他用了張翰、劉備、桓溫等好幾個典故，但說來說去就是他年華老去，只能英雄落淚，然後再找妹紙（妹子）來「秀秀」拭淚（等等，這不是重點）。

辛棄疾用典經常喜歡縮筆或反用，譬如「休說鱸魚堪膾」三句，張翰是「秋風起」即辭官歸隱，追求適意人生，但對辛棄疾而言，西風吹盡，自己還是只能登臨望故國，有家不得歸，那才真的是可憐。

不過張翰辭官到底是不是一個投機主義者，這點我覺得已經不可考。但縱使辭職可以有許多原因，歸根究柢其實就是一句話，「老子（老娘）不想幹了」，這可以吧？講到此話，就一定要請出我們古今隱逸詩人之宗，也是歷代人只要一想到辭職不幹，回家種田的時候，都會想到的那個男人──靖節先生，陶淵明。

第一個以辭頭路聞名的大作家

在《讀古文撞到鄉民》一書中，我就已經介紹過這位中國歷史上，繼屈原那種悲壯投江後，第一個拍桌嗆老闆「老子不幹了」，接著就辭官歸隱的士人陶淵明。

陶淵明是我們從國中到高中的課本都必讀的作家，也被《詩品》譽為「古今隱逸詩人之宗」。在六朝時期即便沒有像謝靈運圈到那麼多粉，但也算是文壇重要且知名的隱逸之士。但值得疑惑的點也在於，身為一個「知名」的隱士，本身就有些矛盾與違和。因此我參考了哈佛大學田曉菲教授《塵几錄》的說法，探究陶淵明形象在宋代被大規模改造一事。

首先，陶淵明「不為五斗米折腰」這個知名事蹟，這是真的嗎？田曉菲提到我們現在看陶淵明的生平傳記，最主要有四個來源——沈約編的《宋書》，蕭統為陶淵明編的《陶淵明集》，隋代姚思廉的《晉書》，以及初唐史家李延壽的《南史》。

在《南史》裡，陶淵明「不為五斗米折腰」的故事很知名，但老陶並不是忽然就「起肚爛」，整件事有個前因，在於他在公田裡不種粳而選擇種秫（一般認為「秫」是釀酒的原料），督郵視察時要出包了，只好連退休金都不領就「解印綬去職」：

（陶淵明）後為鎮軍、建威參軍，……以為彭澤令。不以家累自隨，送一力給其子，書曰：「汝旦夕之費，自給為難，今遣此力，助汝薪水之勞。此亦人子也，可善遇之。」公田悉令吏種秫稻，妻子固請種粳，乃使二頃五十畝種秫，五十畝種粳。郡遣督郵至縣，吏白應束帶見之。潛歎曰：「我不能為五斗米折腰向鄉里小人。」即日解印綬去職，賦歸去來以遂其志……

但正如田曉菲所說：「這是陶淵明生平最著名的事蹟，幾乎已經成了陶淵明的標誌。」然而，「這也是陶傳裡最不可信的一部分」。因為陶淵明擔任彭澤令的時期是農曆的八月到十一月，換言之，這並不是播種植稻的季節。雖然陶淵明可能有說過不願為五斗米折腰的話，但這個原因搭配上這個季節，顯然是硬湊。

另一位漢學家，也是陶淵明詩的英譯學者戴維斯（A. R. Davis）認為，陶淵明在〈歸去來辭〉的序中寫到：「公田之利（又作秫），足以為酒，故便求之。」因而造就了這一條軼事。但我們回到〈歸去來辭〉的原文，這顯然是一段充滿譏酸又反串的×話，而不是他辭職的原因。

田曉菲、戴維斯等學者的論述，其實都指向了陶詩的各種版本。而這些版本的形成，又主要來自於宋代對陶淵明的推崇。適度崇拜一個人物是好的，可以作為我們的人生典範，然而過度崇拜某人，將之視為偶像，則難免流於造神。陶淵明在宋代被當成文學偶像，造就了他的生平與詩歌有許多被改動的痕跡。

而我覺得這種「陶淵明崇拜」的當代意義在於——他是一個退路或出口的隱喻。當公司磨難你，長官刁難你，或你真心要做一件事，整個宇宙都聯合起來阻撓你、霸凌你的時候，難免讓人想要放棄。即使大多數的歷史傳記，偉人故事或名言錦句，都告訴我們不要放棄、堅持到底、成功是屬於努力不懈的人，但說起來這是個假命題：成功的人確實努力到最後，但多的是努力到最後還是失敗了的人。

陶淵明代表的是一種反理想。他的逃避雖可恥但有用，更留下了永恆不朽的名聲。從古典的仕途不順屢遭貶謫，到現代的被生活被現實打擊挫折，這才是常態，所以我們需要陶淵明。

陶淵明本來是該什麼樣子根本不重要，但他必須要變成我們需要他的樣子。我在以前的書裡曾經這麼寫過：「一個作家必須變成他不是的樣子，才能成就他的偉大。」但這句話應該更進一步，超展開來說：「一個作家必須變成我們需要他的樣子，他才有成為經典而不斷流傳下來的必要。」

經常有朋友要我推薦必讀經典，我都會說：不用覺得有什麼經典是非讀不可的，經典就是經典，穿越每個時代，當你閱讀它時它對你有意義，或放在你自己的人生脈絡裡，它給了你一些啟發，那它就是你的經典。而這段話其實也可以反過來說——每個時代的人，都會不斷將經典改造成適合這個時代的樣貌，讓它持續成為經典。

詩歌清新自然不用典？騙你的

再來說到陶淵明的詩歌。陶詩最為人稱道的莫過於它在六朝這個唯美藻飾的年代，能堅持樸拙自然的風格，不雕飾，不用典。但這可能也是另一個「是在哈囉」的點。舉最為人熟悉的陶詩〈歸田園居〉第三首當作例子：

種豆南山下，草盛豆苗稀。晨興理荒穢，帶月荷鋤歸。道狹草木長，夕露沾我衣。衣沾不足惜，但使願無違。（〈歸田園居〉之三）

這首詩相對於前後，它並沒有什麼異文（指改動版本前後的差異）。以前的老師教這課都有一個標準的解釋，就是陶淵明並不熟悉農事，因此他雖然辛勤種豆，卻換來「草盛豆苗稀」的結果。田曉菲《塵几錄》有一個章節的標題就叫「陶詩中的雜草」，我非常喜歡這一節的隱喻。陶詩裡有些無法適切解釋的字句，對後來箋注家而言即為「雜草」。所以他們必須去改動它，就像陶淵明不斷地剪除他園田裡的雜草。

至此，我們都忘了最關鍵的一件事：雜草才是自然。「常恐霜霰至，零落同草莽」，當人去開墾田園的時候，就是一件不自然的事。陶詩的自然來自於它的不自然。可不是嗎?世界上或社會上不是很多類似的故事?

回到主題，這首詩的典故用在哪裡呢?田曉菲是這麼解讀：

這裡的豆子是文學的而未必是現實的豆子。箋注家都指出此處詩人用的是楊惲的典故：「田彼南山，蕪穢不治。種一頃豆，落而為萁。人生行樂耳，需富貴何時。」這是一個很好的例子，給我們看到陶淵明如何把他的閱讀經驗和他的實際生活經驗，在寫作中交織在一起。（《塵几錄》）

楊惲是東漢的隱士，他顯然並沒有陶淵明這麼著名——而更像一個「正常的」隱士。「田彼南山，蕪穢不治」是他在〈報孫會宗書〉裡的句子。陶淵明用了這個典故。這是他獨特的用典形式。我們不能說陶淵明絕對沒有種豆，但他所謂的「種豆南山」更是文學的隱喻。

這樣的獨特用典技巧，展現在他〈歸田園居〉第四首。我們通常讀〈歸田園居〉的五首組詩時，最喜歡談前面三首，第一首表現老陶歸隱田園的決心，第二、三首表現他對農事雖然不熟悉，卻堅持不懈、擇善固執的信念。至於第四首說的是在農閒之餘，他四處遊覽山水的雜記，但他用了一個雋永卻複雜的典故，與那個距離他千年之遠，卻同樣仕途不遂的人物呼應：

悵恨獨策還，崎嶇歷榛曲。山澗清且淺，遇以濯吾足。漉我新熟酒，隻雞招近局。日入室中暗，荊薪代（繼）明燭。歡來苦夕短，已復至天旭。（〈歸田園居〉之四）

只要讀過屈原的〈漁父〉，就會即刻想到「山澗清且淺，遇以濯吾足」不僅是真實的自然景象，更是屈原怨懟沉江之前，與漁人的最後對話。不過陶淵明用這個典故到底什麼意思呢？田曉菲是這樣看的：

在回家的路上，陶淵明遇到一條山澗。詩句用了《楚辭》中漁父之歌：「滄浪之水清兮，可以濯吾纓；滄浪之水濁兮，可以濯吾足。」Davis認為，陶淵明是在表示，即使政治清明，他也不願為官；海陶瑋（James Hightower）則認為詩人在說：「和政治世界的骯髒相比，山澗很清澈，但我只能用它來濯足，因為我沒有士大夫的冠纓。」（《塵几錄》）

在編撰課本與教學時，我們需要簡單的詞句與典故。「簡單」不只是容易懂，不用翻譯，更重要的是它內建「單一意義」。「山澗清且淺」等兩句顯然是複雜的，它與「衣沾不足惜，但使願無違」相比，複雜得多了。

當然，我們可以當成老陶就是回家前遇到一條山泉，發現泉水清澈冷冽，決定洗洗腳再回家。但這顯然不是一個詩人單純的志向。因為陶淵明終究還是一個詩人，不是一個單純的農人。這是當年屈原與假設出來的漁人對話時，背後的辯證；也是後來陶淵明內在之詩人與農人的辯證。後來的解讀往往希望陶淵明甘心而安心地去當一個嚮往田園的人，再也沒有其他複雜的辯證。這不見得是錯的，但這不是真的。更微妙的調控是在這首詩的倒數第二句。

現今流傳的陶詩是「荊薪代明燭」，這很好理解。因為蠟燭是奢侈品，陶淵明因為家貧而節約使用。但若是「荊薪繼明燭」就很單純，因為蠟燭燒完了，便點燃材薪繼續使用。田曉菲說：「『代』是通俗的選擇，以符合陶淵明作為貧士的形象。但是，真正的陶淵明已經失落很久了。」

我們不得不佩服這些異文版本的改動者，他們細膩的調控。就連那麼小的細節，他們都不忘讓陶淵明真正像是陶淵明。但為了讓這個人更像是他表演的那個人，必須修正的部分還很多。〈獲早稻〉詩是另外一個例子。

老陶，有事嗎？

當我最早在「讀古文撞到鄉民」這個專欄裡，為了反駁當時一篇登載於教育刊物上的文章（其中說到陶淵明是個不切實際，甚至將兒子餓死的父親，後來證明該作者將杜甫與陶淵明搞錯），解釋過〈穫早稻〉這首詩，但在《塵几錄》裡，對這首詩有更深刻的辯證。

再來讀一次〈獲早稻〉這首詩，括弧裡的字即是異文，我們可以看到有幾個關鍵的改動痕跡：

人生歸有道（事），衣食固其（無）端。孰是都不營，何以求自安。開春理常業，歲功聊可觀。晨出肆微勤，日入負耒（禾）還。山中饒霜露，風氣亦先寒。田家豈不苦，弗獲辭此難。四體誠乃疲，庶無異患干（異我患）。盥濯息簷下，斗酒散襟顏。遙遙沮溺心，千載乃相關。但願常如此，躬耕非所歎。（〈庚戌歲九月中於西田穫早稻〉）

詩開頭的「人生歸有事」被改成了「有道」。「道」是宋代很熱衷的一個詞，如宋明理學家又稱為「道學家」。但「有事」才是六朝的常用詞，在〈歸去來辭〉裡，陶淵明就寫過「將有事於西疇」這般句子。「人生歸有事」對現代人來說，可以很直接地讀懂，就是每個人都要有自己的「business」，有自己營生的事業，因為衣食等慾望無窮無盡。

換言之，老陶絕對不是個活在雲端、不接地氣的人。辭官隱逸是他的志向，但田園農事也確實不是他的擅長。所以這首〈獲早稻〉詩暗示了一件事：就是陶淵明其實有著一個耕種團隊，他只是這個團隊中的一個成員。

在我們的想像裡——老陶拿著鋤頭，一個人走向荒原慢慢開墾的畫面——那只是假象。「晨出肆微勤，日入負禾還」，也就是早上出去稍微勞動，晚上就載著提早收穫的稻穀回來了，這才是正確的版本，因為這首詩題名為「穫早稻」。當別人汗滴禾下土的時候，為什麼老陶可以如輕鬆？這都暗示了他並非獨力耕種的現實。

但後來的箋注家不認同這樣的痕跡，所以他們把「有事」的老陶改成了「有道」的老陶，把「負禾還」改成了「負耒（農具）還」，最重要的改動是讓陶淵明的田園躬耕不只是種田，更是一種理想的追尋。田曉菲提到宋代箋注家在選擇或改動版本時，喜歡選一個簡單、容易理解的版本，而我以為這點其實和現在的教科書編撰的想法很類似。

如我前述所講：「簡單」不僅是容易解釋，而是意義單一不至於旁生枝節。如此一來就不會有複雜的歧異，但也少了思辨的空間。像〈獲早稻〉裡的另一個異文，「庶無異患干」就是另一個典型的例子。

「異患干」比較白話，「干」是犯的意思，指不受天災所侵犯。但原版的「庶無異我患」，宋代箋注家就難以理解了。事實上陶淵明又用了典故，這是一則出自《莊子．庚桑楚》的故事：

老聃之役，有庚桑楚者，偏得老聃之道，以北居畏壘之山。其臣之畫然知者去之，其妾之挈然仁者遠之，擁腫之與居，鞅掌之為使。居三年，畏壘大壤。畏壘之民相與言曰：「庚桑子之始來，吾洒然異之。今吾日計之而不足，歲計之而有餘。庶幾其聖人乎？」

這是一則典型的道家故事，庚桑楚來到一個荒蕪貧瘠的「畏壘之山」，將聰明的隨從遣散，並遠離機巧的侍妾，選擇了比較愚笨駑鈍的男女服侍他，協助他執行農事，沒想到在此開墾三年，這個貧瘠荒涼的畏壘竟然大豐收。

這時村民開始起疑，他們日日算計他的收成都是歉收，但整年卻獲得豐收，認為庚桑楚是神人。因此「庶無異我患」這句詩就是從「吾洒然異之……庶幾其聖人乎？」而來。

我覺得這個典故非常適切表現出陶淵明與農務有些扞格的心情，他真心甘願農事，也認真進行勞動，但畢竟不是一個天生的農人，所以在此同時他充滿了疑惑與矛盾——自己是否能真正享受田園生活？這使他想起長沮與桀溺（「遙遙沮溺心」），這兩個在《論語》裡赫赫有名的人物。他們曾經打臉孔子，說儒家這群人「四體不勤，五穀不分」。

近千年之後的陶淵明成了長沮、桀溺，但這真的是他要的嗎？或者說，不確定到底什麼才是自己真正要的，這就是陶淵明之所以成為陶淵明的關鍵。

提早退休，你願意嗎？

來到六朝職場篇的最後。從求職到勤勤懇懇的菜鳥，再到閃躲飄的老鳥，如果真的有機會存夠錢提早退休，你願意嗎？之前批踢踢有位鄉民宣稱，自己三十二歲，已經存夠了退休的錢，也做好終生單身的打算，準備從此歸隱山林，量入為出。

在這篇文章底下留言的鄉民，對此事反應很兩極，有些人羨慕加祝福，但也不少人勸他可以多想想。一方面是天有不測風雲，可能生病出意外，導致錢不夠；另一方面，職場的工作不僅是為了生存，也是一種與人交流，建立社會關係網絡的生活模式。

能夠提早退休，我當然也是羨慕，我也能體會像陶淵明留下「不為五斗米折腰」的形象，給予後代人的意義與價值——在我們遭逢不順遂與磨難時，當我們想著不如歸去時，有一幅田園躬耕，自給自足的世外桃源圖像。那是歷代士人嚮往的烏托邦。

但對真實的陶淵明來說，歸隱後的生活，才是他辯證的重點。這是他真心嚮往要的生活嗎？自己能完全地成為一個農人嗎？自己甘心就這麼當一個農人嗎？只是這些疑惑與提問，在宋代被修改與更動了。田園詩人為了我們後來的想像，真正成為了田園詩人，沒了其他的志向與願望。

我們不是陶淵明，而且就連陶淵明都不陶淵明了，更何況是我們呢？我們還在為生活與生存孜孜矻矻，認真或瞎混過著每一天。但我覺得這無所謂，歷史有太多種型態的偉人，他們不是都那樣擇善固執，不是都那樣堅持到底。大多數的時候，他們就像我們一樣，為了活下去苟延殘喘，在混亂的時代，隨著外界的變化隨波逐流。生存必須要死皮賴臉，生存終究不是遊戲，但不管怎樣，這場「人生online」都得繼續玩下去。

輯二

豪門教養實錄

小時贏在起跑線，長大爆走無極限

前面我們已經提到：六朝是門閥政治，用白話說就是你的父祖當官，你自然就可以當官。這看起來就是官二代、官三代的世界，大家自我介紹只要說：「你好，我爸爸是某某某。」就好。但相對而言，在家庭之內，父兄與子女的互動就格外值得我們注意。

曹操爸爸與曹丕曹植兄弟的關係，我們都很熟悉，只是曹丕也是一個被長期黑粉帶風向的可撥（可悲）仔。而讓梨的孔融或許因為從小壓抑自己的食慾，可能產生了黑化的面向，這讓從小背過「融四歲，能讓梨」（《三字經》）的我們傻眼貓咪。還有同樣身為政治世家，東晉謝安對兒子謝玄的教養術，大概會讓現在的親子專家嚇到吃手手。

不過家庭內的教養，其實仍然必須放回六朝這個門閥政治的亂世中。因為這些貴族出生就注定要承擔重要職務，所以從小就開始學習官宦之學，這也很合理。只能說亂世不只大人過的辛苦，孩子也好不到哪去啊！

兄弟間的激情
——曹丕與曹植

說起東漢梟雄曹操的兩個兒子——曹丕與曹植這對兄弟，在電視劇裡他們往往以「相愛相殺」的形象出現。而曹丕迫害曹植最著名的事蹟，莫過於所謂「七步成詩」的故事。

傳聞是說：曹丕規定曹植必須要在七步之內作成一首詩，否則就處以極刑，還好才高八斗的曹植不負眾望，寫出一首「煮豆詩」，藉著「本自同根生」來諷喻兄長無情，讓曹丕打消了這個邪惡的念頭。

但讀這整個故事，是否有些懷疑？譬如在建安時代，這種絕句體的五言詩常見嗎？又作詩不成而處死的脅迫，會不會有點太誇張又太超過呢？

所以我有一個大膽的想法，想來翻案這個大家熟悉的故事。

「七步成詩」是真的嗎？

「七步成詩」一事出於《世說新語》——這本成於劉宋時，由劉義慶所編撰的志人筆記小說。劉宋距離曹魏又已經兩百多年過去了，兩百年前的真新聞，過了兩百年也只能當成傳聞。

我的意思並非指稱這整件事肯定是杜撰或造假，但就「七步成詩」故事發生的現場，有許多細節值得我們懷疑並推敲。《世說》原文是這麼敘述的：

文帝嘗令東阿王七步中作詩，不成者行大法。應聲便為詩曰：「煮豆持作羹，漉菽以為汁。萁在釜下然，豆在釜中泣。本自同根生，相煎何太急？」帝深有慚色。（《世說新語．文學》）

這首詩在現代所流傳一個更常見的版本，是一首五言絕句：「煮豆燃豆箕，豆在釜中泣。本是同根生，相煎何太急？」顯然經過後代的改造，在明代一本《國朝典故》的筆記裡，這首詩就已經被懷疑了：

今世所傳曹子建七步詩曰：「煮豆燃豆箕，豆在釜中泣。本是同根生，相煎何太急？」考之本傳，無此，不知出何處。唐《經藉志》，子建雖有集二十卷，今亡久矣。

確實，曹植的詩文集如今已經亡佚了，他的詩賦仰賴《昭明文選》或《藝文類聚》等選集保留一部分。而在曹植的本傳裡，也沒有任何關於這對兄弟在朝堂之上限時作詩，甚至以性命作為要脅的相關記載。但我們現在流傳、關於曹丕與曹植爭儲奪嫡的各種傳說，倒也不見得都是假的。

曹植的援筆立就與限時寫作

根據《三國志·魏志》，曹操確實曾考慮要立曹植為太子，《三國志》應當是諸多的三國史料裡最可信的版本。曹植本傳是這麼說的：

陳思王植字子建，文帝同母弟也。年十餘歲誦詩論及辭賦數萬言。善屬文，太祖（曹操）嘗視其文曰：「汝倩人邪？」植跪曰：「出言為論，下筆成章，顧當面試，柰何倩人？」時鄴銅雀臺新成，太祖悉將諸子登之，使各為賦。植援筆立成，可觀。（《三國志·陳思王傳》）

曹植十幾歲的時候就能誦詩論與辭賦數萬言，或許他不見得是個政治奇才，但至少是個文學神童無誤。

曹操也很早就注意到他絕倫的文采，甚至不相信是由他本人寫作，所以當面口試，問他是不是抄襲或找專業公司槍手代寫？但曹植的回答是他「出言為論，下筆成章」，當真是天縱英才，毋庸置疑。

而多疑的曹操給曹植的第一個測驗，就是〈銅雀臺賦〉。果然曹植不負所望，「援筆立成」，當場拿起筆就寫了出來。

如此援筆立成的行為，歷代都曾經有過。譬如西漢的辭賦家司馬相如，當漢武帝召見他時，他也是援筆立就，寫出了漢賦經典〈上林賦〉。寫作的速度是一個重要的指標，在中古時期被視為才華優劣的象徵。

又過了幾百年後，在劉勰《文心雕龍》的論述中，將作家分為兩種——「駿發之士」（寫作速度快的作家）與「覃思之人」（深思熟慮的作家）。

劉勰認為這兩類作家各擅勝場，但文學史通常會對這種「下筆如神」、「援筆立成」的快筆作家給予格外的重視，這可能就是來自於官場「限時創作」的傳統。

必須強調的是，「限時寫作」帶有文學遊戲的性質，而且在「應詔」或「應制」（指在君王或貴族的命令之下即席創作）與「同題共作」的文學環境裡，這是很常見的文學活動。若要動輒以性命相脅，似乎顯得不太尋常。

這種同題或分題共作的文學遊戲，我們前面也提過（請見〈流傳兩千年的馬屁文學〉一文，第五〇頁），可能應追溯到楚襄王與宋玉、唐勒、景差集團，和西漢的梁孝王集團。

根據《西京雜記》（必須說明的是，後來論者認為《西京雜記》可能是魏晉時期托偽之作，因此這樣的文學共作未必是真的出現在西漢）記載，梁孝王集團至少有過一次共作的紀錄：

梁孝王遊於忘憂之館，集諸遊士，各使為賦。枚乘為〈柳賦〉，其辭曰：「忘憂之館，垂條之木。枝逶遲而舍紫，葉萋萋而吐綠。出入風雲，去來羽族。既上下而好音，亦黃衣而絳足。蜩螗厲響，蜘蛛吐絲。階草漠漠，白日遲遲。于嗟細柳，流亂輕絲……」路喬如為〈鶴賦〉，其辭曰：「（略）」鄒陽為〈酒賦〉，其詞曰：「（略）」韓安國作〈几賦〉不成，鄒陽代作，其辭曰：「（略）」鄒陽、安國罰酒三升，賜枚乘、路喬如絹，人五匹。

梁孝王在他的忘憂館，聚集他的幕僚，各自作賦。值得注意的是雖然梁孝王集團並沒有限時而作，但文士們取身邊所見的題材，分題而作賦，枚乘以「柳」為題，路喬如以「鶴」為題，鄒陽以「酒」為題，韓安國以「几」（即桌子）為題，但寫不出來，鄒陽替他代作，結果兩人都被罰酒。而枚乘、路喬如獲得賞賜。

到了六朝時，這樣「限時創作」的行為變得更常見，譬如以下兩例：

竟陵王子良嘗夜集學士，刻燭為詩，四韻者則刻一寸，以此為率。文琰曰：「頓燒一寸燭，而成四韻詩，何難之有。」乃與令楷、江洪等共打銅鉢立韻，響滅則詩成，皆可觀覽。（《南史．王僧孺傳》）

（陳）暄素通脫，以俳優自居，文章諧謬，語言不節，後主甚親昵而輕侮之。嘗倒縣于梁，臨之以刃，命使作賦，仍限以晷刻。暄援筆即成，不以為病，而傲弄轉甚。（《南史．陳暄傳》）

在〈王僧孺傳〉裡，刻燭限時寫詩已經是相當常見的文學遊戲，「頓燒一寸燭，而成四韻詩」意思就是在蠟燭燒一寸之內寫完一首詩。

學士裡面有個傲嬌的文琰提議，不如增加難度：「打銅鉢立韻，響滅則詩成」，敲擊銅鉢，餘音迴盪，作家們就得在這樣或許還不到幾分鐘銅鉢餘響之中，快速地將作品寫出來。

這一來需要快速敏捷的才華，二來也考驗作家平時海量的閱讀與記憶，所以古代也很佩服「目下十行」的作家，且大規模編纂類書，除了平時品讀鑑賞，還得以幫助文人們在這樣的文學遊戲競技場裡，得到才思敏捷的美名。

至於〈陳暄傳〉的記載就更恐怖了一些。陳暄是陳後主叔寶的「狎客」，與之特別親近，因此陳叔寶甚至對他有些羞辱與霸凌的行為，曾經讓陳暄「倒縣（懸）于梁，臨之以刃」，將他倒掛在梁上，底下放滿刀刃（這是什麼古墓裡的陷阱吧？）要求他寫詩作賦，同樣也要求得限時完成。

但陳暄竟然能夠「援筆即成」，完全沒在怕（正常人被倒吊著應該會腦充血，無法思考才對）。只能說古代人真會玩啊！

即便在陳後主這樣亡國之君的朝堂之中，文學遊戲已經成為有點變態的行為，但也並沒有要求陳暄作不出來即「行大法」的威脅。更何況曹植並不是一般的僚臣，他是曹丕的親兄弟。

因此，七步成詩或許是真的，或許是異聞，日本的漢學家與膳宏就指出，七步成詩的「七步」可能與佛教故事有關。但總之作詩不成就要被判死刑的這件事，實在充滿了各種疑點，未必可盡信。

曹植在爭儲奪嫡之戰出局

回到曹植的生平事蹟。如果說曹操當真考慮過將他立為太子，擔任儲君，準備繼承大統，那麼他又是如何出局的呢？

根據《三國志．陳思王傳》的描述，曹植或許有些文人狂放不羈的性格，因此沒有那麼善於矯造：

植既以才見異，而丁儀、丁廙、楊脩等為之羽翼。太祖狐疑，幾為太子者數矣。

而植任性而行，不自彫勵，飲酒不節。文帝御之以術，矯情自飾，宮人左右，並為之說，故遂定為嗣。

相對於曹丕的「御之以術，矯情自飾」，曹植則「任性而行，不自彫勵」，加上他「飲酒不節」。或許現代文人飲酒過量頗為常見，但在推行禁酒令的治軍風氣之下，這可能就犯了曹操的大忌。總之，後來曹植就在太子候選人名單裡出局了，曹丕繼位，成了魏文帝。

在曹丕繼位之後，曹植又出了一些狀況：

黃初二年，監國謁者灌均希指，奏「植醉酒悖慢，劫脅使者」。有司請治罪，帝以太后故，貶爵安鄉侯。（《三國志．陳思王傳》）

黃初二年（西元二二一年），當時有人指控曹植飲酒後威脅使者，但在罪證確鑿的狀況下，曹丕仍然沒有治曹植重罪，而在他頒訂的一道詔書裡，是這麼說的：

「植，朕之同母弟。朕於天下無所不容，而況植乎？骨肉之親，舍而不誅，其改封植。」因為考量骨肉之親，所以終究不能誅殺曹植。

因此回過頭去看「七步成詩」的這個記載，顯得更啟人疑竇了。

《世說新語》的黑丕產業鍊

其實《世說新語》不僅「豆在釜中泣」這一段觸及了曹氏兄弟的恩怨，另外還有一段提到曹丕毒殺手足的段落：

> 魏文帝忌弟任城王驍壯，因在卞太后閤共圍棋，並啖棗，文帝以毒置諸棗蒂中。……復欲害東阿，太后曰：「汝已殺我任城，不得複殺我東阿。」（《世說．尤悔》）

任城王即是曹家另一個驍勇善戰的兄弟曹彰。曹彰也是卞太后（曹丕、曹植的生母）所生。沒想到曹丕在棗蒂裡下毒，將他給毒死。

在歷史中，曹彰暴斃是事實，但當著卞太后的面毒殺兄弟，這簡直是《甄環傳》或《延禧攻略》的情節，可信度實在不太高。

只能說《世說新語》特別喜歡收集這種曹丕嫉妒兄弟，手足相殘的八卦，而能引發後來士人茶餘飯後作為談資之用。當然也有比較學術的解讀，有學者認為這部劉宋時期編成的書上，表面上寫的是曹氏兄弟相殘，但其實在隱喻劉宋時文帝（劉義隆）對兄弟（劉義康）的殘害等等。但總之因為《世說》的一連串黑丕產業鏈運作，曹丕就成了善妒忌才的可撥形象。再回頭來看「七步成詩」這個假新聞，似乎也沒什麼奇怪了。

曹丕與曹植的老媽：卞太后

王夢鷗教授在《傳統文學論衡》一書中有篇〈從典論殘篇看曹丕嗣位之爭〉，闡述卞太后沒有特別喜歡大兒子曹丕，王教授提到在《三國志・后妃傳》裡，當老媽聽到是曹丕當太子之時，反應相當的冷淡：

> 文帝為太子，左右長御賀后曰：「將軍拜太子，天下莫不歡喜，后當傾府藏賞賜。」后曰：「王自以丕年大，故用為嗣，我但當以免無教導之過為幸耳，亦何為當重賜遺乎！」長御還，具以語太祖。太祖悅曰：「怒不變容，喜不失節，故是最為難。」

當曹丕確定立為太子，左右去恭喜卞太后，太后說：「曹操只是因為曹丕年紀大所以立為太子，我只能說有把小孩教好，不敢要求重賞。」似乎確實沒有特別高興。

到底卞太后為什麼偏心曹植？這個實在不可解。不過歷史上媽媽偏心的故事還不少，《春秋》記載的第一個故事叫「鄭伯克段於鄢」，講的就是鄭莊公的媽媽武姜偏心小兒子共叔段，導致莊公與段兩兄弟相殘的悲慘故事：

> 初，鄭武公娶於申，曰武姜，生莊公及共叔段。莊公寤生，驚姜氏，故名曰寤

生，遂惡之。愛共叔段，欲立之。亟請於武公，公弗許。（《左傳》）

「寤生」有幾種解釋，但一般多認為由於鄭莊公出生時，母親難產，因此武姜媽媽從此對老大懷恨在心。後來莊公的弟弟段出生了，媽媽想要改立太子，開啟這樁兄弟相殘的杯具（悲劇）。只能說這種父母偏心這種事，自古從來沒有少過。

而曹操發現卞太后對曹丕的冷淡態度，反應也很妙。他還稱讚自己老婆「怒不變容，喜不失節」，那曹丕當太子到底是應該喜還是應該怒呢？只能說曹操你這個人妻控，竟然那麼不了解你老婆。

王夢鷗教授分析這件事，認為卞太后並非因為喜怒不形於色，而是對曹丕刻意冷淡。因為有一個對照組，就是楊修過世時，太后「悼痛酷楚」：

儘管卞后是個節儉的婦人，但同是親骨肉，而曹丕得立，她只說是「年大」而已，對其才學，也只有「免無教導之過」一語，其冷淡的程度，已昭然可見。然而她對楊修為曹丕而死，卻感到「悼痛酷楚」，豈不甚怪？（《傳統文學論衡》）

由於太后對楊修之死哀痛逾恆，表現出她並不是一個情緒冷淡的人。當然，偏心種種，也可能出於後來的推測。或許是當母親認為自家兒子表現好是應該，更展現自己的謙虛與教養有成也說不定。

「位尊而減價」的曹丕

說起來，真實的曹丕到底是個怎樣的人呢？歷史或性格這些我是外行，但純粹就文學成就來說，曹丕貢獻度真的不輸給曹操或曹植。

一來，他的才華並不低劣，或許與才高八斗的曹植相比或許稍微遜色，但他在文學史留下重要的著作——譬如我們中學都會選讀的《典論．論文》，就是中國文學史中第一篇文論專篇。

二來，曹丕還寫出了〈燕歌行〉兩首，這首詩被認為是七言詩的鼻祖，描寫蕩子行方不歸，思婦空床獨守的相思之情，亦情真語切，絲絲入扣：

秋風蕭瑟天氣涼，草木搖落露 霜，羣燕辭歸鵠南翔。念君客遊思斷腸，慊慊思歸戀故鄉，君何淹留寄他方。賤妾煢煢守空房，憂來思君不敢忘，不覺淚下沾衣裳。援琴鳴弦發清商，短歌微吟不能長。明月皎皎照我牀，星漢西流夜未央。牽牛織女遙相望，爾獨何辜限河梁。（〈燕歌行〉其一）

有些版本的國文課本有選錄這首詩，有時將之當作七夕詩解讀，但其實七夕在南北朝之後才成為重要節日，此處以牽牛、織女來象徵遊子與思婦的相思。

在曹丕〈燕歌行〉之後，牽牛與織女成了詩歌裡重要的喻象，到如今，相對於西洋的情人節，牽牛與織女成為七夕的重要傳說。

也因此，劉勰在《文心雕龍》裡是這麼評價曹植與曹丕的文學才華與文學史定位：

魏文之才，洋洋清綺。舊談抑之，謂去植千里，然子建思捷而才俊，詩麗而表逸；子桓慮詳而力緩，故不競於先鳴。而樂府清越，《典論》辯要，迭用短長，亦無懵焉。但俗情抑揚，雷同一響，遂令文帝以位尊減才，思王以勢窘益價，未為篤論也。

劉勰認為相對於曹植的「思捷才俊」，曹丕的長處在於「慮詳力緩」，而他的〈燕歌行〉清新激越，《典論》辯而切要。只是「俗情抑揚」——意思就是世俗難免對於作家的才華與定位，會與他的身世連結在一起。

以結果來看：曹植在文學史裡呈現一個徒有才華而被兄長迫害的形象，讓他的文壇地位高於曹丕千里。但這可能並非事實。

即便是當代，我們有足夠資訊去認識，理解一個作家，但難免還是會受到他所處的地位、環境，文學集團的相互標榜，而有所偏差。更核心的問題應該是：我們真的能夠客觀地從美學標準，或從藝術性的角度去評價一個文人作家嗎？還是我們難免會根據私我的偏好，將其人格形象、外緣環境、時代背景等因素納入，而對其作品有了過高或過低的貶抑呢？這是作為一個有志進行文學評論者，時時必須檢視反思的關鍵。

學過《典論．論文》，大家才會尊重國文課？

傳說從古早到現代，高中國文課有篇必選的核心古文，就是曹丕的《典論．論文》。當然，這可不是因為曹操是梟雄，所以圖利他兩個兒子。曹氏父子與建安七子在六朝文學之中，確實有承先啟後的關鍵意義；而曹丕的這篇文章也確實有它的重要性。

這怎麼說呢？一來，它是中國古典文論歷史上的第一篇專著；二來，它代表文學自覺意識的興起；第三，也是最重要的一點，就是它的核心主旨，以下這一段：

> 蓋文章，經國之大業，不朽之盛事。年壽有時而盡，榮樂止乎其身。二者必至之常期，未若文章之無窮。是以古之作者，寄身於翰墨，見意於篇籍，不假良史之辭，不託飛馳之勢，而聲名自傳於後。

這段不用翻譯（直接翻課本就有了吧），那重點在哪？對國文老師來說，就是請同學respect（尊重）我們全體國文老師好嗎？因為文章是經國大業，那我們就是教大家經國之大業的人。除此之外，寫作文還可以替同學留下不朽之盛事，所以國文課非但不是最廢的科目，是不是還好重要、好棒棒？

沒錯，選這篇文章多少有些文學或國文科的本位考量，提醒各位文學比其他科目更為偉大的意義，但其實《典論．論文》對曹丕有著實際的寫作意義。

深情的曹丕？基情的曹丕？

王夢鷗教授寫過另一篇論文，在〈曹丕《典論．論文》索隱〉裡，指出曹丕的這篇文章寫成於建安二十二年（西元二一六年），令人感傷與遺憾的是，這一年也恰巧是北方爆發疫病的一年。

可怕的疫情流行會改變人類的日常，這點我們都不陌生。也因此，在《典論》寫完沒多久，曹丕就親眼見證與他一起同遊宴樂的建安七子一一死於瘟疫。同樣在這一年，在曹丕寫給他的僚佐的〈與吳質書〉這封信裡，提到他的追憶與感慨：

昔年疾疫，親故多離其災，徐陳應劉，一時俱逝，痛可言邪！昔日遊處，行則連輿，止則接席，何曾須臾相失。每至觴酌流行，絲竹並奏，酒酣耳熱，仰而賦詩，當此之時，忽然不自知樂也。謂百年己分，可長共相保。何圖數年之間，零落略盡，言之傷心。頃撰其遺文，都為一集，觀其姓名，已為鬼錄。追思昔遊，猶在心目，而此諸子，化為糞壤，可復道哉？

徐幹、陳琳、應瑒、劉楨都在此次大瘟疫中過世，扣掉之前已逝孔融與阮瑀，這疫情對建安七子的致死率，可說是超級高啊！曹丕追憶他們當時在一起玩樂的時候「謂百年已分，可長共相保」，以為可以永遠在一起，沒想到數年之間，同事僚臣都染疫過世了。

我們介紹過劉楨、王粲等人在拍馬屁時，所寫的「公讌詩」（見〈流傳兩千年的馬屁文學〉一文，第五〇頁）。當然，對曹丕來說，他是建安七子的主管，部下是不是在拍馬屁？說真的，他也看不出來。

曹丕開始回憶起昔日員工旅遊，團康活動的快意：「行則連輿，止則接席」，出門車跟著車，坐下的時候席子連在一起；「觴酌流行，絲竹並奏，酒酣耳熱，仰而賦詩」，曲水流觴時聽著音樂，喝酒作詩，好不快樂。

雖然很像心靈雞湯、長輩圖裡的老哏，但事實是我們往往要在失去後才懂得要珍惜。當時的歡愉習焉而不察，以為會永遠這麼持續下去，卻沒想到須臾之間，這些僚臣文友已經化為糞壤，如此痛苦豈能用言語表達呢？

要補充的是「糞」這個字在古文裡與今義不同，指的是「穢土」，倒不是說以前的部屬現在都變成米田共了，不然曹丕這種主管講話未免也太機車。

而也就在這個背景裡，曹丕有了〈論文〉裡「年壽有時而盡，榮樂止乎其身。二者必至之常期，未若文章之無窮」的感慨，於是完成了他的《典論》。這本書如今大部分已經亡佚了，有賴《文選》的保存，我們還得見其〈論文〉一篇。

所以你說這篇是不是很該選？如果《典論》全書都還在，不知道現在高中核心古文會爆增到多少篇呢？

原來這篇文章是給弟弟看的

前述提到王夢鷗教授的考證，曹丕的〈論文〉寫在建安二十二年，在曹植寫給楊修的〈與楊德祖書〉之後，當時正是曹丕欲爭立太子最緊張的時刻。

盱衡時勢，正是一面哀死未遑，一面競逐嗣位至十分緊張的時刻，如果事非得已，他（曹丕）何至於有此閒情，辯論文章？（《傳統文學論衡》）

確實，《典論．論文》這篇文章看似在討論文學，分享七子的文學成就，以及曹丕對文章的觀點，但其實處處在回應那個要跟自己爭儲奪嫡的弟弟。

你說：「怎麼有一種既視感？」真的，完全就是動漫《火影忍者》裡宇智波鼬和宇智波佐助間矛盾又相殺的關係啊！因此我覺得要讀真正懂曹丕的《典論．論文》，就必須從曹植的〈與楊德祖書〉對照來讀。

楊德祖是曹植的幕僚楊修，根據王夢鷗教授的推測，曹植這封給楊修的信寫於

《典論·論文》的前一年，建安二十一年（西元二一五年）。

按照王教授以及簡宗梧教授的觀點，這正是曹操在決定立嗣儲君，舉棋不定的一年。曹植這封信也很多微妙的點，值得一提的是最末一段：

辭賦小道，固未足以揄揚大義，彰示來世也。昔楊子雲先朝執戟之臣耳，猶稱壯夫不為也。吾雖德薄，位為蕃侯，猶庶幾戮力上國，流惠下民，建永世之業，留金石之功，豈徒以翰墨為勳績，辭賦為君子哉？若吾志未果，吾道不行，則將采庶官之實錄，辯時俗之得失，定仁義之衷，成一家之言。……明早相迎，書不盡懷。植白。（〈與楊德祖書〉）

「明早相迎，書不盡懷」，曹植敬上。看到沒有？曹植的意思就是：明早就要見面了，今天先寫一封長長的信給楊修桑，但還是很多話寫不完，紙短情長，我們明天見面再說喔，啾咪。

等等，有沒有搞錯？明早就要見面，今天寫這些是什麼意思？真的是基情到深處無怨尤嗎？

當然，回到這封信的主旨，曹植是希望楊修給予自己的文集辭賦一些指導，而這封信只是一紙說明，更重要的是信後的附件。因此曹植說的「辭賦小道，固未足以揄揚大義」，一來是有些自謙，二來也是先打預防針，以免楊修評「這些寫得也太爛了吧！好意思說自己才高八斗」時，曹植不至於產生太大的心理崩壞面積。

當然，這番對話還有更重要的意義，在於曹植表面寫給楊修看，其實也寫給老爸曹操看。

這背後的意思就是：爸爸說我很會寫文章好棒棒，但寫辭賦只是小道，我要幹的是「戮力上國，流惠下民」以及「建永世之業，留金石之功」，豈止是以「翰墨為勳績」，以「辭賦為君子」就滿足了？

如此說來，各位就了解了。曹植不是真的看不起文學，只是對他來說，只有文學還不夠，他全都要（握拳）。

每段都在嗆老弟，宇智波曹丕是你？

回過頭看曹丕《典論．論文》裡的關鍵：「文以氣為主；氣之清濁有體，不可力強而致……雖在父兄，不能以移子弟。」以及「（孔）融等已逝，唯（徐）幹著論，成一家言」。

這是不是很針對？先說「雖在父兄」不等於可以轉移到子弟，這也在提醒父親曹操──我和曹植不一樣，您欣賞他的文采，但我可能有其他的專長，這就是所謂「氣之清濁」的差異。

再說徐幹寫成《中論》，也成了一家之言，這分明就是在回應曹植的「吾志未果，吾道不行」，就要「則將采庶官之實錄，辯時俗之得失，定仁義之衷，成一家之言」嘛！意思是你要去編書就趕快去編，這對世界也很有貢獻的。去吧，快走不送，別來搶著當太子就好。

因此王夢鷗教授有一個推測，就是曹丕的〈論文〉裡其實處處針對曹植，甚至鼓勵曹植著書，不要跑來競選太子：

（曹丕）方其尚未得到權位之前，說出「文章至上」的話語，就像是在鼓勵那在作政治競爭的敵手。因為曹植先有「若吾志不果，無道不行」將從事著述以「成一家之言」的話頭，所以論文篇不僅強調著述事業，而且特別提出徐幹成一家言，作為楷模。亦即，曹丕認為曹植既然如此自負文才，就不要「遂營目前之務，而遺千載之功」，率性做個詩人。（《傳統文學論衡》）

如果前述證據還不夠多，那麼曹丕〈論文〉一開頭的打臉，也很明顯是在針對他老弟：

文人相輕，自古而然。傅毅之於班固，伯仲之間耳，而固小之，與弟超書曰：「武仲以能屬文為蘭臺令史，下筆不能自休。」夫人善於自見，而文非一體，鮮能備善。是以各以所長，相輕所短。里語曰：「家有敝帚，享之千金。」斯不自見之患也。

說人家敝帚之珍也就罷了，還特別強調「家有敝帚」（曹植：你才敝帚，你全家都敝帚）。請問這個「家」到底還有誰？不就是曹植和曹丕最相愛相殺了嗎？（曹丕：全家就是你家）

其實曹丕此處舉班固與傅毅的爭論，在歷史上很出名。曹丕也暗諷曹植在〈與揚德祖書〉批評陳琳，所以他將陳琳褒揚了一番。

文人相輕，酸民歷史流傳幾千年

後來劉勰在《文心雕龍》中，把曹植和班固的案例，當成是古代作家「文人相輕」的兩則實例：

至於班固傅毅，文在伯仲，而固嗤毅云：「下筆不能自休。」及陳思論才，亦深排孔璋。……才實鴻懿，而崇己抑人，班曹是也。（《文心雕龍．知音》）

文人相輕、崇己抑人，確實是寫作者的通病，而評論文章最難以避免的就是這種昧於自見的弊病。所以劉勰的〈知音〉篇，談的就是文章評論者的素養，以及批評作品應當具備的視野與能力。

我們現在看古人的歷史軼事，喜歡將重點放在那大起大落的悲喜劇，或謠言、野史、八卦等等。譬如煮豆燃豆萁的兄弟相殘，或東宮西廠大亂鬥的爭儲奪嫡戲碼。

但其實古典時期由於禮制名教的規範，許多事都和我們想像中或影劇拍的不太一樣，來得更為平靜或理性，無論是政治、文學、寫作或評論皆如此。我覺得這是在讀古書和經典之餘，可以向古人學習之處。而他們的鬥爭更多存在於作品之中，存在於書信與文論裡，實際上也就是這麼文謅謅地點到為止。

因此，期待真實世界曹丕與曹植兄弟倆的宮鬥情節，那可能要失望了。他們確實因相爭太子，在作品裡針鋒相對，但最可信的也就僅止於此。至於那些七步成詩，棗蒂毒殺等宮鬥小說情節，真的當作小說看看就好了。

如果你對盛世或治世的想像是兄友弟恭、名君賢臣，那想到亂世可能就是時局飄搖、倫理失據。但我覺得閱讀古文裡歷史的脈絡，給我們一個啟發在於——歷史來自於後人建構，也正因為如此，愈是定義下的「亂世」，就必須要有各種亂七八糟的事蹟來強化這樣的形象。

如果我們先不用後人給的亂局來想像東漢末年，那曹丕與曹植這對兄弟，也就如同正常的兄弟般，有過歡樂的聚會，有過吃醋嫉妒的鬥嘴。無論在哪個時代，父子母女兄弟姊妹，都會有類似的情境。

我不太相信托爾斯泰《安娜．卡列尼娜》這部經典小說的著名開頭：「每個幸福的家庭都很相似，每個不幸的家庭各有不同。」無論家庭幸福與否，無論時代昇平或混亂，從古到今的每個家庭裡，其實都有相似之處。未必是一夫一妻或多元平權，但就是有愛，有溫馨，有嫉妒，有憎惡，而這可能就是現在我們經常討論的「家庭價值」的核心。

2 讓梨神童還是問題兒童？

——孔融

咳咳，先說我不是存心要來戰。上回在網路上讀到一篇文章，在討論東漢末年一位「反差萌」的古人——就是咱們的孔融哥。

有背過《三字經》的朋友大概就知道「融四歲，能讓梨」的故事。但長大後孔融竟然黑化了，發表〈父母無恩論〉這篇神文，說子女只是父母情慾流動、一時衝動的產物，所以不用報恩盡孝，這到底怎麼回事呢？

我讀到那篇文章的結論，是說孔融之所以呈現出反差，來自於他童年時期所受的黑暗教養（我黑人問號）。意思就說孩紙本性不應該謙讓，但孔融被強迫讓梨，於是長期強迫壓抑食慾的結果，終於變成東漢政治的強人，最後黑化，甚至招來了殺身之禍。

這到底是命運的糾葛？還是情愛的糾纏……？不要鬧了，《後漢書》中〈孔融傳〉記載得很完整，建議小朋友、大朋友如果要把孔融葛格（哥哥）當成教材，應該從史傳原文好好來研讀一番。

「孔融讓梨」也造假？不會吧

「孔融讓梨」這個故事，並不在《後漢書》的原文，而是引自孔融〈家傳〉裡的記載。何以孔融有完整家傳呢？這與他是孔子後人，因此身世細節記載地特別詳細有關，我們可以說讓梨一事應該是不太可能是造假的：

兄弟七人，融第六，幼有自然之性。年四歲時，每與諸兄共食梨，融輒引小者。大人問其故，答曰：「我小兒，法當取小者。」

有五個哥哥的孔融，從小受著爸媽的暗黑教養，只能默默忍讓……等等，完全不是啊！人家明明就是自發性的讓梨好嗎？當然啦，史傳的記載難免有史臣的客觀性揣度，我們也可以歪解孔融可能小鳥胃，或可能讀過《先別急著吃棉花糖》這本書，所以「餓鬼裝小心」，故意挑小梨來吃。

看看《後漢書》本傳的其他記載吧！孔融自幼就是天才兒童。正史有載他的一件早慧事蹟：其父於孔融十歲時就帶著他西遊長安。來到長安的孔融想拜訪當時名士——河南尹李膺。但根據史傳，李膺簡傲又傲嬌，不任意與賓客會面。當時許多達官要人都不得見。

還只是個十歲小屁孩的孔融，直接登門通報，說自己和李膺家是好幾代世交。李膺嚇到馬上來接見，看到這小屁孩，一臉懵逼，想說：「你誰啊？亂裝熟？」孔融不急不徐地搬出他們兩家的黑歷史：「先君孔子與君先人李老君同德比義，而相師友，則融與君累世通家。」

這意思就是：「我家先祖叫孔子，你家先祖是李聃（老子），千年前就是好基友，咱倆還不算世交嗎？」現在職場上也不乏有這種二代，一開口就是「您好，我爸爸是某某某」，聽到便讓人嚇得吃手手。

而這段事蹟到了《世說新語》裡，還加了一段孔融開噴，diss（不尊重）大人的段子：

孔文舉，融也。年十歲，隨父到洛。時李元禮有盛名，為司隸校尉，詣門者皆俊才清俊及中表親戚乃通。文舉至門，謂吏曰：「我是李府君親。」既通，前坐。元禮問曰：「君與僕有何親？」對曰：「昔先君仲尼與君先人伯陽，有師資之尊，是僕與君奕世為通好也。」元禮及賓客莫不奇之。太中大夫陳韙後至，人以其語語之。韙曰：「小時了了，大未必佳。」文舉曰：「想君小時，必當了了。」韙大踧踖。（《世說新語．言語》）

孔融這個亂攀親帶故的行為，被晚來的賓客陳韙聽到了，於是他當場去嗆孔融：「小時了了，大未必佳。」就是現在好棒棒，以後可能變蛇蛇一條，小屁孩你別那麼囂張。

沒想到咱們機車又機鋒的孔融哥，又是一個回身秒打臉嗆爆：「想君小時，必當了了。」讓大人的臉腫腫的。

相較本傳，《世說》許多故事的可信度較低。史傳畢竟是史臣編修，較為嚴謹，而《世說》作為志人小說，原本就有一些途聽軼事，只是作為文士之間的「談資」（意思就是聊天抬槓的素材），所以僅當參考就好。

而我倒覺得這段文獻除了描述孔融的早慧事蹟，更表現出他身在孔門世家裡的影響焦慮。就像許多官二代、星二代、蔣四代（是在說誰？）一樣，父祖庇蔭那是如君如父地沉重。這樣的家族血脈對孔融來說，既是一個榮耀，也是一個標籤。

十三歲那年，帶著他壯遊長安的父親過世了。照理來說，覺得父母無恩的孔融這時要不是像阮籍那樣蒸豚飲酒，要不就如莊子鼓盆而歌。但本傳說他「年十三，喪父，哀悴過毀，扶而後起，州里歸其孝」，悲傷到站不起來。這是表演嗎？還是真情流露？

母慈子孝的一家人

從後來發生的事看來，這恐怕不是表演造假。孔融十六歲那年，他們全家遭遇到另一件攸關生死的大事。

這事要從山陽一位張儉說起。這位張儉與孔褒（他是被孔融讓過梨的其中一位哥哥）是好閨蜜，張儉得罪長官被搜捕，而孔褒也被控涉嫌窩藏人犯，將要被問罪。本傳記載孔融一家竟然爭相頂罪，要殺，就全家連坐：

融曰：「保納舍藏者，融也，當坐之。」褒曰：「彼來求我，非弟之過，請甘其罪。」吏問其母，母曰：「家事任長，妾當其辜。」一門爭死，郡縣疑不能決。（《後漢書．孔融傳》）

「一門爭死」，還真沒聽過這種要求。到底是「全家都厭世」？還是全家都演員演很大？而這種忠孝故事，結局通常都是一場good show，有賴於鄉里的營救，孔融母子得以倖免於罪。

長大後的孔融成了放浪形骸的名士，但經歷一番波折磨難後，還是死於梟雄曹操之手。要說搞死孔融的最後一根關鍵稻草，其實就是他發表的所謂「父母無恩論」：

曹操既積嫌忌，遂令丞相軍謀祭酒路粹枉狀奏（孔）融曰：「……與白衣禰衡跌盪放言，云：「父之於子，當有何親？論其本意，實為情欲發耳！子之於母，亦複奚為？譬如寄物缻中，出則離矣！」既而與衡更相讚揚。衡謂融曰：「仲尼不死。」融答曰：「顏回復生。」大逆不道，宜極重誅。（《後漢書．孔融傳》）

當時曹操已經統一北方，官拜曹丞相，而孔融也ㄎㄧㄤ很久了，於是乎，再沒人有能力與膽量敢營救孔融，然後他就死掉了：「下獄棄市，時年五十六，妻子皆被誅。」

不過我們仔細留意《後漢書》的原文，這段「父之於子，當有何親」，到底是孔融親口說出來，還是被帶風向，由１４５０（網軍）中央廚房一條龍製作出來的，其實還頗啟人疑竇。《後漢書》提到「路粹枉狀奏融」這幾個關鍵字，路粹是何許人呢？其實他根本也算不上文壇大咖，在當時連建安七子（a.k.a建安防彈少年團）都排不進去。

《文心雕龍》有提到路粹，也就那麼一次：「路粹、楊修，頗懷筆記之工。」，擅長筆記奏議這等應用文，應該在當時還算個咖啦！但現在他只剩下一兩篇殘缺佚文，被後來學者認為根本沒資格與楊德祖並列。

孔融的小夥伴：禰衡

不過前述「父母無恩」這段，提到孔融的另一位小夥伴，倒是值得我們特別介紹一番，這位就是跟著孔融鬧，兩個人以「孔子」、「顏回」自居的禰衡。如果你是三國控，應該對他還算熟悉。禰衡曾經擊鼓罵曹，但曹操還想假掰一下，留他一條狗命，將他驅逐到了荊州。禰衡先依附劉表，再依附黃祖。在他當黃祖僚臣時，寫下了一篇流傳文學史的〈鸚鵡賦〉。

〈鸚鵡賦〉如今收錄在《文選》裡，還得以讀到完整全文，與另外幾篇詠禽鳥的辭賦並列——賈誼的〈鵩鳥賦〉、張華的〈鷦鷯賦〉、鮑照的〈舞鶴賦〉。這些賦的題旨都很近似，用學術語言來說叫做「借物託志」，用白話來說就是「你才在寫鳥，你全家都寫鳥」。

在古典時期，詠禽鳥通常是作者自我表述與標榜的寄託物，而鸚鵡、鷦鷯或舞鶴，無論是凡鳥或仙禽，都可以當成是作者的自喻與自況。從孔融扯到禰衡，重點在哪裡？重點在於〈鸚鵡賦〉的最末一段，彌衡是這麼寫的：

> 感平生之遊處，若壎篪之相須。何今日之兩絕，若胡越之異區？順籠檻以俯仰，窺戶牖以踟躕。

鸚鵡離群索居，再也見不到以前一起那般琴瑟和鳴的故舊了，於是只能在自己的鳥籠裡踟躕徘徊，孤鸞獨舞，顧影自憐。

看到這段，有沒有一種既視感？再沒有跟自己一起反串的朋友，少了那個一起講

×話的小夥伴。永遠只能說那些政治正確到極點的言論，那有多孤獨？

背離親緣？父母有恩或無恩？

我不是刻意要打臉別人的網路專欄，但孔融一段認為「父母無恩」的言論，或許是假新聞，又或許是他深度反串的一種方式，前面我們提到東漢魏晉，士人開始重新思索名教的意義。孔融之論若確實是他本人親口所說，那也可能是刻意唱反調。我遍索文獻，實在找不到孔融受到原生家庭黑暗教養的相關記載。

但錢鍾書在《管錐篇》提到，孔融這看似獨特的見解，其實來自於王充，在《論衡》裡的〈物勢〉這一篇，王充就曾說過：「夫婦合氣，非當時欲得生子；情欲動而合，合而生子矣。」情慾一流動，又沒做好安全措施，然後就中了。錢鍾書《管錐篇》更博通古今中外，整理出類似言論：

> 朱熹：「釋氏以生為寄，故要見得父母未生時面目。黃蘗一僧有偈與其母云：

『先時寄宿此婆家』；止以父母之身為寄宿處，其無情義、滅絕天性可知！」蓋不知孔丘家兒早有「寄物」、「寄盛」之喻，較「寄宿」更簿情也。

古希臘詩人亦謂：「汝曷不思汝父何以得汝乎！汝身不過來自情欲一餉、不淨一滴耳」。後世詩文中，習見不鮮。當世波蘭小說中母誡未嫁女毋外遇致有孕，曰：「吾不欲家中忽添嬰兒」。女怫然答：「汝之生我，幾曾先事詢我願不乎？」

所以說，就算真的孔融講過自己只是情慾流動的產物，那也不算什麼滅絕人性的驚天高論。總之咱們從小孝順的孔融，從此被搞到黑掉，可能跟當時政治氛圍與路粹這個網軍帶風向成功有關。

後來曹丕在論建安七子時，雖然不能不提孔融，但畢竟曹操已經把孔融幹掉了，因此《典論．論文》對孔融評語是「體氣高妙，有過人者，然不能持論，理不勝辭」。所謂「不能持論」指的有可能就是「父母無恩論」這樣的歪論吧！

說實話，這番「父母無恩」論述若真是孔融所說，雖然不至於罪大惡極，但實在也算不上高明。畢竟子女繼承了父母的DNA，不能說完全無恩，但說孩子出生未徵得他本人的同意，倒也不算錯。孔融家確實沒在時興什麼暗黑教養，孔融讓梨與diss大人，恐怕都是出於他早熟懂事的個性。至於父母當然還是於子女有恩，只是在那個「越名教，任自然」的時代，或說在那個傳統儒家力量開始分崩瓦解的時代，有一些奇淫言論，似乎也不讓人意外就是了。

《世說新語》裡的熊孩子

——王戎

前一篇介紹的是小時候本來很聽話，長大之後竟然黑化的孔融。其實《世說新語》裡滿多關於早慧的、言語機鋒的小朋友事蹟。我們知道六朝政治是所謂門閥制度，在豪族出生的孩紙，其教育更為受到重視，這實屬正常。所以「神童」的比例看似很高，事蹟屢見不鮮，但在這之中也可能有些是訛傳或謠言。

這幾年家庭教養、親子教育類的題材相當熱門，一堆親職專家成為粉專直播主，夸夸縱談教養方式。然而若隨意拿現今的教養邏輯，以今律古，是很奇怪的事。也因此，這一篇決定整理《世說新語》裡幾個著名的兒童。不過還是要再次澄清，因為

《世說》的筆記小說設定，所以這些事蹟也未必可完全盡信。若各位家長當真想實驗看看古代教育法，可能要多旁徵博引，相互參照，會比較安全一些。

智慧過於常人的名偵探王戎

前面介紹過竹林七賢之一的王戎。當王戎還是一個小底迪（弟弟）的時候，就可謂是一個夠細心又觀察力入微的孩子。當時只有七歲大的王戎，與其他幾個小屁孩一同去郊遊的時候，發現路邊有一棵李樹：

王戎七歲，嘗與諸小兒遊。看道邊李樹多子折枝。諸兒競走取之，唯戎不動。人問之，答曰：「樹在道邊而多子，此必苦李。」取之，信然。（《世說新語．雅量》）

毋湯（不可以）喔，各位小朋友，不要隨便攀折人家的果樹好嗎？不過王戎根本不去搶摘李子，因為他憑著過人的推理能力，早就推測出這棵長在路邊的李樹之所以沒人摘，是因為果實很苦的緣故。果然是外表看似小孩，智慧卻過於常人啊！

而《世說》記載這些故事，倒也不是要強調王戎的推理力，多半與其後來的身世、官場上的際遇有關，從這則故事來看，可見王戎從小就是一個善於洞鑒世情，察言觀色的孩紙。這一點在黑暗的政局、混亂的年代非常重要，可以讓士人明哲保身、安全下莊。

類似的故事其實在六朝還真不少，像知名書法家王羲之的兒子王獻之（字子敬），也有一則善於觀察的故事被記載下來：

王子敬數歲時，嘗看諸門生樗蒲，見有勝負，因曰：「南風不競。」門生輩輕其小兒，乃曰：「此郎亦管中窺豹，時見一斑。」子敬瞋目曰：「遠慚荀奉倩，近愧劉真長。」遂拂衣而去。（《世說新語．方正》）

「樗蒲」是一種賭博遊戲，有點類似「十八仔」這種擲骰子賭輸贏的博弈。王子敬在旁邊觀察大人賭博，看了一陣子，說了一句「南風不競」，意思就是坐在南方位置的人要輸了。

人家打牌你在後面唱衰，結果大人就見笑轉森氣氣（生氣），說你這個小屁孩「管中窺豹」，就是井底之蛙的意思啦！沒想到反而被王子敬小屁孩回嗆了一頓，說能跟我比見識的只有荀粲、劉真長這些人物，你們這些咖也敢嘴（批評）？

中學課文還選有一篇神童軼事，叫〈陳元方答客問〉，也是在說家裡小孩把大人罵一頓的事蹟。這些小神童故事好像有個共通點，通常都是大人被打臉，被diss，故事便結束。

所以我們講到古人，會想像他們奉行儒家文化，兄友弟恭、親親尊尊，但我覺得這也不太對。在國家權力強盛的時代，如漢唐盛世，那確實是儒學為主流；但像魏晉六朝這樣的亂世，在名教體制衰退的時代，似乎就比較容易發生脫序的行為。

回到軼聞筆記的角度，這些人物被記載下來，也可能增添一些跌宕的情節，讓故事轉折更為精彩。因為秒打臉、神回應，往往更有爆炸性，也更能吸引眼球目光。

除了這些打臉、嗆爆大人的爽感之外，《世說》裡許多熊孩子或天才神童的事蹟，倒不一定是純粹獵奇，或像現代父母替孩童拍美照、曬萌娃的心態。而《世說》作為貴族談資之書，貴族關心的也包括政治時勢，因此《世說》裡的故事，也不少寄託了政治寓意。

長安與太陽的隱喻

我在《國文超驚典》一書中，曾介紹過《世說》裡的一則知名故事：「長安日遠」。大意就是晉室南渡，晉元帝遇到一長安回來的故舊，聽長安消息聽到哭哭。這時他問兒子晉明帝：「長安何如日遠？」明帝第一次回答太陽比較遠，因為不曾聽聞有人從太陽來；第二次卻改口說長安比較遠，因為「舉目見日，不見長安」。

如果放在神童早慧的脈絡，好像會覺得晉明帝很萌、很可愛，但放在國族寓言來理解，無論長安或太陽，都是晉室皇族再也回不去的地方，就像有首歌唱「到不了的都叫做遠方，回不去的名字叫家鄉」，既然都回不去了，那麼討論長安與日哪個比較遠，又有何意義呢？

其實這個故事在當時還流傳各種版本，比方說在道世所著的《法苑珠林》這本書裡有另一個論日遠近的的故事，而且還跟咱們孔老夫子有關：

余小時聞閭巷言：孔子東游，見兩小兒辯鬥，問其故？一兒曰：「我以日始出時近，日中時遠。」一兒以日初出遠，日中時近。

從地球科學的角度來說，太陽與地球的距離會隨著近日點與遠日點而改變，但一日之內距離太陽都一樣遠。但一童認為太陽初升時，因為較大而較近；另一童認為太陽在中天（不是那間已經被關了的新聞臺）時，因為較熱而較近。

這兩個說法都持之有故，也能言之成理，只是到了現在，證明都是錯的（廢到笑）。因為太陽距離地球差不多八分二十秒的光速。所以同一天的不同時刻，太陽距離地球都差不多遠。

但說起觀測太陽，各位大概想到我們國中時讀沈復的〈兒時記趣〉，沈復同學竟然可以「張目對日」。不過請各位小朋友要注意，這個行為可能造成黃斑部病變與白內障，千萬不要學習。

話說回來，其實這件事蹟也可以追溯到《世說新語》，在〈容止〉篇中有一段：

裴令公目王安豐（戎）：「眼爛爛如巖下電。」

王戎形狀短小，而目甚清炤，視日不眩。（劉孝標注）

哇哩咧！王戎，怎麼又是你？其實《世說》的故事雖然志人甚多，但由於六朝人也如我們今日喜聞樂見名人八卦，所以軼聞經常聚焦在幾個箭垛型的名人身上。而不愧是能夠推理出李樹苦甜的王戎，視力也特別好，猶如閃電般銳利，還可以看太陽而不會昏眩。真的只能說請勿模仿。

小朋友不可以打臉大人？

另外講到小屁孩調侃大人，語畢讓全班哄堂大笑的故事，還有像以下兩則收錄在

《世說新語．排調》的事蹟：

孫子荊年少時欲隱，語王武子「當枕石漱流」，誤曰「漱石枕流」。王曰：「流可枕，石可漱乎？」孫曰：「所以枕流，欲洗其耳；所以漱石，欲礪其齒。」

張蒼梧是張憑之祖，嘗語憑父曰：「我不如汝。」憑父未解所以。蒼梧曰：「汝有佳兒。」憑時年數歲，斂手曰：「阿翁，詎宜以子戲父？」

孫楚這則可以說是典型硬拗，滿適合我們當前政治人物講×話佚言時作為參考。明明這句成語就是「枕石漱流」——指隱士以石頭為枕，以溪流漱口的風雅行徑，結果他不小心口誤講反，說成「枕流漱石」（我還夏目漱石咧）。

講錯成語hen（很）丟臉，王武子指正他，孫楚竟還硬瞎掰：「枕流可以洗耳朵，漱石可以練牙齒」。「洗耳」用的是當年堯禪讓天下給許由，許由不受跑去箕山洗耳朵的典故；而「礪齒」大概是孫楚自創的，只聽過人家舉啞鈴健身，沒聽過咬石頭健齒的。若去成語辭典一查，現在真的有「枕流漱石」這個用法，這也就是典型的積非成是了。

至於張蒼梧與其孫張憑的對話，和謝玄稱讚謝靈運（見〈我蹺班，我驕傲〉一文，第九一頁）的邏輯差不多，就是說張蒼梧覺得孫子比兒子聰明好棒棒，結果張憑嚴肅勸告阿公，不可拿人家兒子來嘲笑老爸。看來我們現在的教養學，是認為小孩天真賣萌可愛，但六朝人推崇的神童，則是較同齡孩童更早熟世故一些。

不過說實話，古今對教養的觀念差異甚大。古代人雖然子女多，但平均壽命短，加上門閥制度，若孩童自幼聰穎，則特別關注；至於現代面臨少子化，每個家庭都更重視子女教育。若連教養學都要以古鑑今，恐怕會有很多違和與不適用之處。所以我是覺得看看就好。

這也就是我們前面說的，與傳統想像的古代家庭形象——父慈子孝、兄友弟恭——相比，其實六朝的家庭互動，父母與子女之間的關係，似乎沒有那麼嚴肅拘謹。也與儒家文化與道家玄學的不同背景思潮有關。

但值得我們參考的是，小朋友不一定只被當成小朋友，早熟的孩童也被視為成人對待，看著他們打臉大人，讓大人臉腫腫的，爽度無上限。所以有時候所謂神童可能也就是我們現在說的熊孩子，因為頗有主見所以沒那麼聽話。但也因為他們的這些小叛逆事蹟被記載下來，讓我們現在還可以一窺這些古代士人孩提時的行為與表現。

富爸爸的放生教養術

——謝安

在當代親職教養學裡，「老公」有一個明確的定義，要不就是神隊友，要不就是豬隊友。以前國語課本那種是在哈囉的「媽媽早起忙打掃，爸爸早起看書報」已經被性平覺青戰到飛起來（媽媽：小孩在哭你沒有聽到嗎？）。「帶小孩」這件事，或更學術的說法，所謂「教養勞動」，已經成為婚姻勞務與兩性平權的象徵，因此我們不能看到小孩哭哭第一時間就想到要媽媽處理了。

不過這件事在六朝就已經有人被「嗆」過，還是我們東晉名相謝安大大。謝安在《世說新語》裡事蹟甚多，由於他就是東晉名士的代表，所以公眾特別喜歡傳播其言行。如果對應現代就有點像那種百萬追蹤的網紅，動見觀瞻，一不小心就會被鄉民出征這樣。

謝夫人：你兒子在哭你沒聽到嗎？

謝爸爸與謝媽媽的第一波教養之戰，《世說》記載得相當短：

謝公夫人教兒，問太傅：「那得初不見君教兒？」。答曰：「我常自教兒。」

（《世說新語．德行》）

翻譯也超精簡，照字面來說就是：謝媽媽每天帶小孩帶到氣噗噗，對謝安說：「謝把拔（爸爸），請問一下，你都不用管教你兒子喔？」謝把拔邊滑手機，邊愛理不理地回答：「啊我每天都在有教啊！」

這是什麼問答？根本在哈囉謝馬麻（媽媽）吧！其實要看劉孝標的注解才看懂，

劉孝標引劉寔（字子真）的事蹟作為解釋：

> 太尉劉子真，清潔有志操，行己以禮。而二子不才，並黷貨致罪。子真坐免官。客曰：「子奚不訓導之？」子真曰：「吾之行事，是其耳目所聞見，而不放效，豈嚴訓所變邪？」

劉寔這個人磊落有節操，但兩個兒子都因為貪汙被判刑，結果連老爸都被牽連到免官（這好像會讓臺灣政壇很多人抖抖的）。有人問劉寔：「你兒子耶，你都不好好訓導他喔？」劉寔說：「我以身教代替言教耶，走在時代前端的育兒教養。」結果咧，看看你自己，再看看你兩個貪污的兒子，只能說科科（冷笑）。

所以謝安所謂「我常自教兒」意思，也就是說他平常都以身教代替言教，時時以身作則，所以兒子受到他的啟發，自然就會成為一個有為的青年。是不是很棒棒？

等等，謝把拔你這根本就是滿滿的×話啊？請問你平常身教，鵝子（兒子）看得出來嗎？以後幼幼班老師乾脆都找一些傑出青年，不用上課教學，只要每天清談展現名士風雅就好了啊！就是典型不想負擔教養勞動的廢材爸爸。

教小朋友賭博？這樣好嗎？

要貼近六朝這個時代，想像士人的風雅與獨特的教育方式結合，雖然謝安說他不用帶小孩，只要身教就好，但他還是有管教孩子的紀錄，譬如《晉書》這一段：

晉謝玄，字幼度，有才業，甚為從父安所重。……玄少好佩紫羅香囊，安患之，而不欲傷其意，因戲賭取，即焚之，於此遂止。

同樣的一件事在《世說．假譎》也有記載，不過細節更多一些：

謝遏（玄）年少時，好箸紫羅香囊，垂覆手。太傅患之，而不欲傷其意，乃譎與賭，得即燒之。

是說姪兒謝玄小時候喜歡配戴紫羅香囊，還喜歡拿著手巾，謝叔叔對於姪子的這個嗜好覺得很鄙視。

等等，到底鄙視的點在哪？其實不同注解也有不同說法。最常見的解釋是推測謝安認為謝玄的行為太過於陰柔、女性化。我之前讀美國性別理論學者C．J．帕斯科（C. J. Pascoe）的專書《你這個娘砲》，分析學校裡對陰柔的霸凌以及陽剛糾察。以謝安的例子，他大概就是對自己的姪兒進行了所謂的陽剛糾察。用比較白話但不進步的說法，謝安就是「覺得男孩子行為太娘」的意思啦！

當然，六朝男性士人愛美，擦脂抹粉是常見之事，所以到底是因為謝玄不夠陽剛？還是紫羅香囊太奢侈浪費？這都是有可能的。總而言之呢，我們謝安叔叔教養方式也相當獨特，他並不是直接把玩具拿過來沒收，而是透過和孩子賭博，趁機把他的香囊賭過來，趕快把它燒毀。

是說，從小教孩子賭博，這個……好像沒有比較好耶？當然，我們現代家長有時也會用這樣的方法，比方說考滿分就送小朋友電動之類的獎勵，廣義來說也是賭博與交換條件的一種。

原來謝安爸爸就很愛賭？什麼家庭？

其實謝安家族之所以會使出這種教小孩的方法，還有另外一個背景，因為遊戲或賭博等行為在六朝當時很常見。畢竟這些士人都是貴族，隨便賭個跑車或豪宅對他們來說大概沒什麼。

謝安自己呢？他也經常透過圍棋跟著人插賭，甚至直接拿一整棟豪宅來賭，只差沒有找黑道或找地下賭盤下注。

這件事發生在前秦苻堅準備鐵騎南下的期間，就是歷史上著名的，江南王朝以多勝少的淝水之戰：

> 苻堅強盛，率眾號百萬，次于淮、肥。京師震恐，加（謝）安征討大都督。玄入問計，安夷然無懼色，答曰：「已別有旨。」既而寂然。玄不敢復言，乃令張玄重請。安遂命駕出山墅，親朋畢集。方與玄圍棊賭別墅，安常棊劣於玄，是日玄懼，便為敵手，而又不勝。安顧謂其甥羊曇曰：「以墅乞汝。」安遂游步，至夜

乃還。（《晉書・謝安傳》）

謝安當時是征討大都督，而他那個當年娘娘的姪子謝玄則是大將軍（所以說小時娘娘，大未必娘，OK的啦！）。謝玄問叔父怎麼退敵，謝安神情自若、毫無懼色，回答：「本公自有妙計啊！」

謝玄也不敢多說什麼，接著叔姪倆跑到自己山居的別墅（不會是要坐空軍一號跑了吧？）開始下圍棋，並拿這棟別墅當成賭注，可以說從小賭到大，賭性堅強的叔姪二人組啊。

照史傳的敘述，謝安平日棋力不比謝玄，但當天謝玄想到前秦百萬雄師，已經嚇到吃手手，不知道自己是誰、身在哪裡或要做什麼，所以就輸給了謝安。謝安贏來別墅，轉頭看到一旁觀棋的外甥羊曇，便向他說：「欸，送你一棟豪宅。」然後就散步去了。

到這裡，我們到底是看了什麼啊？妙計是啥？這仗怎麼打？《晉書》寫謝安晚上散步回來，只有八個字：「指授將帥，各當其任。」

我也不知道該怎麼說，大概是階級限制了我們的想像力，畢竟六朝士人那種不喜不懼的風雅，實非我輩今日得以想像。這件事還有個後續，謝安指揮的淝水之戰打贏了，當戰報傳來的時候，謝安又在和人家賭博下棋。

這件事在《世說新語》與《晉書》都有記載，唯版本略有不同：

謝公與人圍棊，俄而謝玄淮上信至。看書竟，默然無言，徐向局。客問淮上利害？答曰：「小兒輩大破賊。」意色舉止，不異於常。（《世說新語．雅量》）

等既破堅，有驛書至，安方對客圍棊。看書既竟，便攝放牀上，了無喜色，棊如故。客問之，徐答云：「小兒輩遂已破賊。」既罷還內，過戶限，心喜甚，不覺屐齒之折。其矯情鎮物如此。（《晉書．謝安傳》）

第一段是謝安收到戰報，看完默然無語，慢慢地繼續下一著。正常來說這個應該是悲痛無言的意思吧？所以與他對弈的賓客賓客很緊張，趕忙問兩軍誰占上風。謝安回答：「我們家的小朋友已經打贏敵軍。」

哇！謝安爸爸，你講話有點太囂張喔？但由於主要在戰場指揮的都是謝家晚輩，所以「小兒輩」雖然說得很輕鬆，倒也沒有錯。這個場景就像大家都很關心棒球比賽，而只有你知道比分，面無表情告訴人家「我們世界冠軍」那種感覺。

至於在《晉書》裡前半部大致上沒有什麼差別，就是強調了謝安的「了無喜色」以及「徐答」，面無表情慢慢回答：「喔，我兒姪他們打贏了。」要知道，江東社稷興亡就在此一戰，若是打輸了，別說是下棋賭球，謝氏家族可能全族覆滅。謝安的這種淡定，已經超乎正常人的想像了。

也因此，《晉書》在這段史料之後，加了一個末尾：謝安轉身回家，過門檻時因為太開心（但還要假掰自己的名士風雅），所以把木屐的屐齒給折斷了。

真淡定？假淡定？

這件事很著名，我們以前學的版本，也都是這個「謝安就是矯情」的版本，但仔細想想還是覺得奇怪。賓客大家都看到謝安了無喜色，回家後木屐被折斷的事是哪個狗仔偷拍到出來爆料呢？所以如田曉菲教授在其《烽火與流星》一書中，就提醒我們要留意這段史料，可能是出於後來史家的想像：

劉孝標引《續晉陽秋》，也稱謝安破賊後無喜容。《晉書・謝安傳》卻在故事之後加上了一個尾巴，稱客人離開後謝安回房間，因為心中大喜，過門檻時連折斷的屐齒都不覺得，「其矯情鎮物如此」。

這段話頗有可疑之處，因為「矯情鎮物」自有客人傳播和作證，建康公眾也都可以看到謝安在得勝後平靜如常，毫無戰勝者驕傲自得的淺薄樣子；至於「不覺」屐齒之折，是史臣在「客觀」記事時攙入心裡分析的典型例子。在史傳中，常常可以看到這種把史臣有時自己也名言無有他者在場、無有他人得知的所謂隱私場合，刻畫入微的段落，讀者只要略用頭腦就會知道這些敘事屬於「合情理」而「未必然」的範圍，多半是史臣在具有可能性的範疇之內進行藝術加工，以達到某種敘事目的的結果。

這段辯證很精彩，但簡單一句話就是，《晉書》的作者姚思廉可能又在帶風向啦！田曉菲《烽火與流星》有個核心論述在於：南朝最後被北方王朝給滅亡了，於是歷史成為了「征服者的歷史」（這點對世界各個文明來說皆是如此）。那麼北方的歷史家重新面對南朝士人的風雅，就算不是出於惡意詆毀，也難免根據「客觀現實」進行了某種想像。這是合情合理，卻並非必然的想像。

所以如果問我的想法，我相信六朝名士的風流，就表現在他們對於世事波瀾、人生造化不喜不懼的表現。這不一定是假掰，畢竟在那個朝不保夕的大時代，太多變動與危亂的因素，若不能淡定面對一切處之泰然，又怎麼在那亂世變局裡生存下去呢？

所以回過頭看謝安的教養方式，也會覺得好像不意外。他應該就是某種自然親子教養學的信徒，小孩哭了不用哄，小孩學壞也相信他會自然覺醒的那種老爸。只能說這樣的教養問題，從古到今，都是每一代父母面對的。謝安家的教養方式或許很獨特，頗讓我們開了眼界。

當然，我覺得教養方式或勞務分工，應當由每對父母、每個家庭自由決定。父母對孩童影響深遠，因此要說你的孩子不是你的孩子，未免太決絕。但孩童也確實非父母的所有物，所以動輒親情勒索，也難免造成反效果。只能說從古到今，親職教養都是一個重大議題吧。

輯三

來場傾城之戀

愛到改朝換代，愛到你死我亡

在本篇裡，將介紹幾個帝王與他們的后妃，以及作家與夫人驚天動地的愛情。你可能會好奇，在六朝這個亂世，只有地方有戀愛故事嗎？因為我們現在距離中古時代久遠，文獻較為稀缺，而過去的大寫歷史（History）確實又是以男性為主要視角所建構的。

因此如果要看女性的故事，多半得從史書裡的后妃傳才能得知一二。不過我覺得值得說明的是：各位可能會覺得這些后妃——譬如東昏侯愛妃潘玉兒；齊後主的馮小憐，或梁元帝與徐娘的行為事蹟很呱張，但必須強調的是這些被史傳記下的后妃多半與亡國之君有關。

男性敘述的大歷史有個歷史悠久的傳統，就是把自己的過錯怪給女生。因此請臺女、臺男先理性勿戰，至少我們可以知道，無論在什麼樣的亂世，都有人努力戀愛，努力脫單，談史詩級、國家隊等級的戀愛——雖然結局可能沒那麼幸福美滿就是了。

國家級工具人一號

——東昏侯

孔子與耶穌都說過，初戀無限美（這是《食神》裡面掰的吧！）。從古至今，每個時代都有讓人吟詠再三，或為之低迴悵然的戀愛的故事。

你可能要問，愛情故事和亂世有何關聯？其實古今文學都喜歡描述「傾城之戀」這種主題，就是要遍地烽火，才能見證兒女情長。

只不過與其他時代的纏綿悱惻相比，六朝因為是亂世，所以各種奇奇怪怪的夫妻與情人也多了起來。談完職場與家庭，我們來關注一下鄉民最在乎的問題——愛情與脫魯。

我本身就跟各位一樣（誰跟你一樣？），長年擔任工具人、馱獸等悲劇角色，從自身角度來看這些歷史故事，好像總有一種在漫長時空裡，找到同為工具人的無奈。只能為這些不同時空裡的ㄈㄓ（肥宅）掬一把同情淚，感嘆一聲：「可憐啊！」

東「昏」侯到底有多昏庸？

宋齊梁陳的齊代，最後一個皇帝東昏侯，雖然我在之前的作品裡也曾介紹過，但說起中國歷史上國家級的專業工具人，他真的可謂是空前絕後。

一般來說，皇帝後宮佳麗三千，當工具人未免太丟臉，但愛上了就是愛上了，東昏侯為他的愛妃潘玉兒做了許多看似不可能的事。雖然《南史》記載的這些原文很長，但重點就是兩個字：呱張。

（東昏侯）於是大起諸殿，芳樂、芳德、仙華、大興、含德、清曜、安壽等殿，又別為潘妃起神仙、永壽、玉壽三殿，皆匝飾以金壁。……江左舊物，有古玉律數枚，悉裁以鈿笛。莊嚴寺有玉九子鈴，外國寺佛面有光相，禪靈寺塔諸寶珥，皆剎取以施潘妃殿飾。

（東昏侯）又鑿金為蓮華以帖地，令潘妃行其上，曰：「此步步生蓮華也。」塗壁皆以麝香，錦幔珠簾，窮極綺麗。縶役工匠，自夜達曉，猶不副速，乃剔取諸寺佛剎殿藻井、仙人、騎獸以充足之。武帝興光樓上施青漆，世人謂之「青樓」……潘氏服御，極選珍寶，主衣庫舊物，不復周用，貴市人間金銀寶物，價皆數倍，虎珀釧一隻，直百七十萬。……山石皆塗以采色，跨池水立紫閣諸樓，壁上畫男女私褻之像。

東昏侯本身就鋪張，自己蓋了好幾倍大巨蛋的宮殿，且為潘妃一個人建了神仙、永壽、玉壽三個宮殿。還把莊嚴寺的玉九子鈴，外國寺的佛面光相，以及禪靈寺塔諸的寶珥，全都拆下來，搬過來佈置潘妃的新宮殿。

而潘妃最著名的事蹟大概就是東昏侯為他鑿金蓮華，讓她步行於上，這是用當年釋迦牟尼的典故，而這個意象後來成為《金瓶梅》裡「潘金蓮」這個名字的由來。另外像青樓、春宮圖等等，也都跟東昏侯也關，簡直可以說是「AV帝王」等級的皇帝了。後來「青樓」成為風月場所的代稱，咱們東昏侯也算留名青（樓）史了。

如此鋪張淫穢的行為，當其時也不是沒有人勸阻東昏侯，不過因為他生性殘暴，所以群臣們也只敢在背後碎嘴。像有一位名叫張欣泰的士人就曾勸告東昏侯身旁的舍人：

張欣泰嘗謂舍人裴長穆曰：「宮殿何事頓爾！夫以秦之富，起一阿房而滅，今不及秦一郡，而頓起數十阿房，其危殆矣。」答曰：「非不悅子之道，顧言不用耳。」（《南齊書·東昏侯傳》）

意思是說當年秦代不過蓋了一座阿房宮就滅亡了，更何況齊不及秦之一郡，竟然蓋了數十座阿房。等等，我怎麼有一種既視感？齊代雖然小，至少還有江南半壁江山。今我鬼島不及齊之一郡，竟然蓋了大巨蛋、衛武營、歌劇院、故宮南院……這不就是所謂「時空背景不同之術」？請不要亂扯。在此先發一下聲明，我只是講古文，絕無借古諷今之意。千萬不要來我家查水錶，謝謝。

當然，熟悉歷史的讀者，難免會有後見之明：齊代覆滅了。亂兵之所以能入城，就是由潘妃的永壽殿裡侍衛與之裡應外合。所以李商隱寫了一首專門酸東昏侯與潘妃的詩，〈齊宮詞〉：

永壽兵來夜不扃，金蓮無複印中庭。梁臺歌管三更罷，猶自風搖九子鈴。

後代文學研究者都喜歡講李商隱那些「望帝春心託杜鵑，佳人錦瑟怨華年」（元好問〈論詩三十首〉）的西崑體詩，但我覺得李商隱專業酸民技能才是練到滿點。這首絕句不過二十八字，但他先酸永壽宮叛亂，再酸潘妃步步金蓮這個鋪張事蹟，最後寫到從莊嚴寺拆下來，促轉移到潘妃宮殿裡的九子金鈴新的不義遺址取代就的不義遺址，充滿文學意象，卻又滿滿的鄉民譏酸冷誚。

腦補狗仔李商隱的詠史

其實唐詩本來就有詠史一類的題材，但其實詠史照說在緬懷歷史情境，或許有些借古諷今，評議朝政，但基本上應該是要於史有據，但李商隱詠史詩又特別愛八卦，愛腦補。他還有一首〈南朝〉，將潘玉兒的金蓮帖地與陳叔寶的玉樹後庭花寫在一起：

玄武湖中玉漏催，雞鳴埭口繡襦迴。誰言瓊樹朝朝見，不及金蓮步步來。敵國軍營漂木柹，前朝神廟鎖煙煤。滿宮學士皆顏色，江令當年只費才。

「誰言瓊樹朝朝見，不及金蓮步步來」這兩句的翻譯就是說，陳叔寶玉樹雖然奢華不凡，但還是比不上人家東昏侯與潘妃拍的美足系列……喂，這根本就是迷片情節了吧？跪求番號。

我這裡再替各位補充另一首李商隱的詠史詩〈龍池〉，看看咱們商隱哥怎麼想像皇室裡的緋聞與八卦：

龍池賜酒敞雲屏，羯鼓聲高眾樂停。夜半宴歸宮漏永，薛王沉醉壽王醒。

薛王是指唐玄宗弟弟李業之子，而壽王就是玄宗兒子李瑁，這詩寫得很隱晦，但暗示的就是楊貴妃本來是要嫁給壽王，結果被玄宗自己娶來當愛妃，我只能改編一首流行歌曲：「愛是一道光，綠到發光」給這位壽王。

這詠史詩寫得看似很警世，卻有一種週刊跟拍與獵奇的口吻。各位不妨想像如果配上旁白，會是怎樣？

「本刊記者直擊到唐玄宗派對結束，薛王喝掛了，讓隨扈扶出來，問他怎麼喝那麼多，他嬌嗔地喊：『沒有啦！』但同一場派對上，卻有個人心情非常不美麗，就是咱們的壽王大大，自己的老婆楊玉環才剛剛被老爸搶了去當貴妃，他怎麼能開懷暢飲呢？真是可憐啊！」

再看李商隱這兩首寫先秦故事的詠史詩：

夢澤悲風動白茅，楚王葬盡滿城嬌。未知歌舞能多少？虛減宮廚為細腰。（〈夢澤〉）

淡雲輕雨拂高唐，玉殿秋來夜正長。料得也應憐宋玉，一生惟事楚襄王。（〈席中作〉）

楚王好細腰，後宮許多宮女因此餓死的故事，出自於《墨子》。但「虛減宮廚為細腰」是李商隱幻想的，意思是為了替宮女們減肥，把宮裡的御廚都開除了；而「料得也應憐宋玉，一生惟事楚襄王」也是李商隱的想像，意思是明明有機會和高唐的巫山神女雲雨，但宋玉畢竟已經是襄王的人了（不要亂教，人家只是君臣加基友的關係），所以一生只（監）督楚襄王一人這樣。

看起來李商隱的詩還不只阿宅的幻想腦補，好像還特別喜歡寫這些活生香豔的典故。該說噁異男（異性戀男性）不意外嗎？（不要亂嘴）

亡國之君，我容易嗎我？

回到本篇的主題，東昏侯蕭寶卷與潘玉兒，有時候我們看待歷史，必須要理解史傳本身是成王敗寇的書寫邏輯。前一個朝代覆滅了，最後一個皇帝便成了亡國之君。史臣在撰述時難免考量此點，強化他的荒淫無道，耽溺女色。

客觀來說，大興土木起宮殿，或君主與愛妃閨閣情趣，歷朝歷代都有，但一旦成了亡國之君、覆族之朝，這些荒淫事蹟難免就被放大解讀，加油添醋，攢彩設色，於是成了我們現在看到這些史料、八卦、緋聞，與各種想像腦補的詠史詩。

不過我覺得這也是文學有趣的地方。歷史求真，但文學不需要，文學可以無限地想像，在縫隙裡填補自己的情慾流動與阿宅幻想，而這也就是我們讀歷史之外，從文學作品補充的另外一個層面。

而咱們李商隱大大除了寫南齊事蹟之外，北齊也被他拿來八卦了一番，就是我們下一篇介紹的——北齊後主與他的愛妃馮小憐的故事。

國家級工具人二號——北齊後主

有齣陸劇叫做《蘭陵王》，若各位有看過，可能就大致聽過北齊後主高緯，與他寵幸的愛妃馮小憐的故事。說起來中國歷朝歷代其實出過很多「後主」，我個人是覺得滿無奈的啦！首先帝王的廟號都是後來皇帝取的，那每個朝代最後一個皇帝，難免得到廢帝、昏侯或後主這種無奈廟號。只能說成王敗寇，歷史就是由征服者取代，並重新定義被征服者的過程。

身為「後主」的無奈之處在於，國家的衰敗可能不是他個人的過錯，而朝代的興替往往也帶有一種歷史的必然。我們常說「歷史給人最大的教訓，就是歷史不會給人任何教訓」，於是每個時代的後主也就無奈地被記錄下來。

在介紹可撥工具人高緯之前，我想介紹一下北齊這個朝代。與南方的四個朝代（宋、齊、梁、陳）同時，北朝原本是由北魏統治，西元五三四年，在南方梁武帝在位的時期，北方分裂成東魏與西魏，當時的東魏就由權臣高歡所把持，西元五五〇年，就在南朝發生侯景之亂約略同時，高歡之子高洋廢了東魏的孝靜帝，即位而改朝為北齊。

北齊國祚也實在很短，二十幾年就被北周給統一了。所以要說高緯到底幹了什麼滅族亡國的事，其實好像也沒有。我覺得這就是歷史給予我們的後見之明——一切都是緩慢積累的過程。

這幾年，我們喜歡談「亡國感」，但從真實的歷史來看，亡國前夕不一定有亡國感，或說所謂的「感」終究只是一種感覺，距離體驗過真正的「亡國」還差得很遠。換言之，如果我們的國家真的在我們有生之年滅亡，到底誰是中華民國臺灣的後主？誰又是昏侯？我真的不敢講，也不敢想了。

寵幸小憐，可憐啊！

談起這個亡國之恨的話題，未免也太沉重，讓我們說回工具人高緯。事實上他一連串亡國的過程，與他當愛妃小憐的工具人當到太殷勤有很密切的關係。真的只能說可憐啊！根據李延壽的《北史．后妃傳》，我們可以大抵一窺小憐的出身與技藝：

馮淑妃名小憐，大穆后從婢也。穆后愛衰，以五月五日進之，號曰「續命」。慧黠能彈琵琶，工歌舞。後主惑之，坐則同席，出則並馬，願得生死一處。命淑妃處隆基堂，淑妃惡曹昭儀所常居也，悉令反換其地。

原本的皇后色衰愛弛，於是選了個聰明慧黠、擅琵琶、工歌舞的新美眉入宮，也就是馮小憐。果然後主高緯受此新咩（妹）的狐媚迷惑，從此「坐則同席，出則並馬，願得生死一處」。

要一再強調的重點就是，所謂的歷史說到底就是勝利者者對過去的定義。因此在大家都已經知道高緯是亡國之君的角度之下，史臣再怎麼客觀的記載，卻都還是寫都是「惑之」、「愛衰」這般負面的形容，總之亡國之君的后妃，就會被史家被視為紅顏禍水，以妖妃、狐媚等詞彙紀錄在史冊之中。

拜託，人家是女生耶，遲到有問題嗎？

高緯與小憐最出名的事蹟，就是他倆因為貪圖圍獵而遲到：

周師之取平陽，帝獵於三堆，晉州亟告急，帝將還，淑妃請更殺一圍，帝從其言。識者以為後主名緯，殺圍言非吉徵。及帝至晉州，城已欲沒矣。作地道攻之，城陷十餘步，將士乘勢欲入。帝敕且止，召淑妃共觀之。淑妃粧點，不獲時至。周人以木拒塞，城遂不下。

舊俗相傳，晉州城西石上有聖人跡，淑妃欲往觀之。帝恐弩矢及橋，故抽攻城木造遠橋，監作舍人以不速成受罰。帝與淑妃度橋，橋壞，至夜乃還。稱妃有功勳，將立為左皇后，即令使馳取褘翟等皇后服御。（《北史・后妃傳》）

北周軍隊將進攻晉陽，而當時後主與小憐正在圍獵，準備班師回朝之際，小憐請「更殺一圍」。當時的算命國師，說高緯的「緯」與「圍獵」的「圍」同音，恐怕是凶兆。果然回到晉州，北周軍隊已經攻陷城池。

這時北齊想要用地道戰，挖地道奪回城池。誰料剛剛攻陷，高緯想說等小憐一起來見證我國家隊偉大的一刻，結果「淑妃粧點，不獲時至」，因為在化妝所以要所有人等她。結果被北周以木拒阻擋，攻城失敗。

更扯的是，明明是班師回防來作戰的，高緯與小憐這對情侶還趁機觀光，小憐聽說「晉州城西石上有聖人跡」，拜託腦公（老公）一定要帶她去看。高緯又怕北周趁機放箭，害小憐吃到慶記（子彈），即刻趕工作木橋防禦。最後兩人放閃郊遊結束，木橋也壞了，高緯說「妃有功勳，將立為左皇后」。我到底看了什麼？這比什麼軍官被記過之後升將軍還扯啊！

邊逃難邊打卡自拍

有這種國君與第一夫人，北齊當然很快就玩完了。而後這位小憐愛妃竟然還很有戲：

帝遂以淑妃奔還。至洪洞戍，淑妃方以粉鏡自玩，後聲亂唱賊至，於是復走。內參自晉陽以皇后衣至，帝為按轡，命淑妃著之，然後去。帝奔鄴，太后後至，帝不出迎；淑妃將至，鑿城北門出十里迎之。復以淑妃奔青州。後主至長安，請周武帝乞淑妃，帝曰：「朕視天下如脫屣，一老嫗豈與公惜也！」仍以賜之。

（《北史．后妃傳》）

晉州失陷，高緯與小憐也就逃走了。一路上小憐還在照鏡自拍，一副事不關己的模樣，這段記載感覺就很故意，推測也是史臣刻意的描述，為了讓後來的讀者對這個公主病小憐感到氣噗噗。

且《北齊書》還做了一個對照，後主高緯的太后老媽來到鄴城，他理都不理，等到小憐一到就「十里迎之」，有了老婆便忘記老媽這種行為，也是建構後主荒淫事蹟的一部分。

終於到北齊滅亡，高緯被帶到長安，來到北周武帝面前，結果他的要求竟然還是「我要我的小憐」，只能說工具人當到深處無怨尤，真愛無誤。然而北周武帝講話也是很直接：「我連整個天下都當成破鞋一雙，更何況一個阿婆？」人家的愛妃被北周武帝當成阿婆，只能說情人眼裡出西施，遇到真愛，不在乎是不是老嫗。

只是這對在亂世烽火裡求生的感人情侶，最後還是沒有好下場。後主高緯終究還是遇害了，而小憐也被賜給了另外一個王爺。不過咱們小憐阿姨終究還是惜情之人，一日琵琶弦斷，她做了首詩懷念後主：

及帝遇害，以淑妃賜代王達，甚嬖之。淑妃彈琵琶，因絃斷，作詩曰：「雖蒙今日寵，猶憶昔時憐。欲知心斷絕，應看膠上弦。」（《北史・后妃傳》）

各位會不會覺得「雖蒙今日寵，猶憶昔時憐」這兩句詩有點熟悉的感覺？沒錯，熟悉的總是最對味，熟悉的詩句通常是後來有人抄出名來。這首詩後來經過盛唐大詩人王維之手，脫胎換骨到了另外一個情境裡。根據孟棨的《本事詩》記載：

> （寧）王宅左，有賣餅者妻，纖白明媚。王一見屬意，厚遺其夫，取之。寵惜逾等，歲餘，因問曰：「汝復憶餅師否？」使見之，其妻注視，雙淚垂頰，若不勝情。王座客十餘人，皆當時文士，無不悽異。王命賦詩，維詩先成，云「莫以今時寵，難忘舊日恩。看花滿眼淚，不共楚王言。」座客無敢繼者。王乃歸餅師，以終其志。

簡單翻譯一下就是說：有位寧王大大（不是電影《唐伯虎點秋香》那個寧王）看到隔壁餅店老闆娘「纖白明媚」，於是給餅店老闆很多錢，強搶人妻。玩膩了之後，不，我說隔了一年之後，寧王問餅店老闆娘還想不想念老闆，老闆娘這時就哭哭了起來。

在座文士看到這一幕都感到很淒涼，於是寧王請大家作詩紀錄下這感傷的一刻（有沒有搞錯？這什麼玩法？）王維的詩最先成，就是這首：「莫以今時寵，難忘舊日恩。看花滿眼淚，不共楚王言。」

這首名為〈息夫人〉的詩，看題目似在詠先秦時的息國夫人，但其實挪用了小憐詩的句子，寫了這位難忘舊情的餅師妻，以及帽子綠綠的餅師。

最後寧王領悟到了這首詩的諷諫之旨，將餅師妻歸還餅師，可是寧王你，已經玩過，不，我是說你已經讓人家綠綠der（的），接下來好像也不會有什麼好結局。只能說在那個封建集權的時代，當一個庶民就是綠到可憐啊！

酸女戰神商隱哥又上線

說回小憐與北周後主的這般畸戀又曲折的愛情故事，又給了專門嚐南北朝歷史的李商隱一些靈感。他於是也為小憐這個傾城傾國、風一般的女子寫了兩首詩，詩的題目就叫〈北齊〉：

一笑相傾國便亡，何勞荊棘始堪傷，小憐玉體橫陳夜，已報周師入晉陽。

巧笑知堪敵萬幾，傾城最在著戎衣。晉陽已陷休回顧，更請君王獵一圍。

我在《讀古文撞到鄉民》裡曾介紹過這兩首詩，可以說都酸度爆表，展現出咱們商隱大大仇女戰神的本色。此外，李商隱還創造出「玉體橫陳」這個成語，以異男色色的想像來描寫小憐。

而這兩首詩其實也流傳甚廣，民國初年，九一八事變爆發，當時的教育學家馬君武，曾經寫了兩首〈哀瀋陽〉譏諷當時風流的少帥張學良，而這兩首詩正是與〈北齊詩〉致敬：

趙四風流朱五狂，翩翩蝴蝶最當行。溫柔鄉是英雄冢，那管東師入瀋陽。

告急軍書夜半來，開場弦鼓又相催。瀋陽已陷休回顧，更抱阿嬌舞幾回。

趙四、朱五與蝴蝶都是當時張學良緋聞的對象，東師指大日本帝國的關東軍，而阿嬌則用了當年漢武帝金屋藏嬌的典故。其實總括來說，歷史的戰亂與悲劇大抵是男性造成的，但男人卻想出了類似「紅顏禍水」或「傾國傾城」這樣成語，將妖豔魅惑的女性與國家、民族連結在一起。當亡國滅族，朝市傾盪的時候，這些女性就成為被檢討的對象。

也因此，女性主義者有個論點，認為所謂的戰爭或大歷史（History），其實是只屬於男性的歷史（his story）。無論征服或侵略，女性總是犧牲者，因此女性沒有必要從屬男性父權的國家，為其效忠。

當然我覺得從後視昔，歷史充滿各種詮釋的空間。從我們肥宅的角度，北齊後主高緯當然是可撥工具人，但從小憐的角度，她也不就是遂從心願做自己，將敗戰亡國的罪過怪在她身上，未免太沉重。

不過相對於高緯與小憐這一段悲劇戀人，謝朓與他的特務老婆，悲劇程度可以說更上一層樓。讓我們繼續看下去。

3 相愛相殺一號

——謝朓

說到與「大謝」謝靈運並稱「小謝」的謝朓，大家可能不太熟悉。他是南齊的詩人，永明體的重要作家。在齊梁之後，他的名氣直線攀升。

當時的文壇領袖沈約稱讚他的詩：「二百年來無此詩也。」；梁武帝蕭衍則說：「不讀謝詩三日，覺口臭。」借用一下某牌消×丸的廣告詞來說：「口臭是因為火氣大」，可以喝黃連解毒湯或嚼嚼Airwaves無糖口香糖。但蕭衍的口腔清潔是靠朗讀謝朓詩，就知道小謝的詩在齊梁，是會讓人讀完齒頰留香的那種。

小謝詩歌真正開始獲得微博的百萬關注，是盛唐時大詩人李白的推崇，也就是我們現在俗稱的「蹭流量」或「蹭熱度」。

李白有好幾首詩都直接tag（標記）謝朓，讓大家注意到李白自己的詩風與謝朓的關聯。譬如這幾首，都是李白名作：

金陵夜寂涼風發，獨上高樓望吳越。白雲映水搖空城，白露垂珠滴秋月。月下沉吟久不歸，古來相接眼中稀。解道澄江淨如練，令人長憶謝玄暉。（〈金陵城西樓月下吟〉）

棄我去者昨日之日不可留，亂我心者今日之日多煩憂。長風萬里送秋雁，對此可以酣高樓。蓬萊文章建安骨，中間小謝又清發。俱懷逸興壯思飛，欲上清天覽明月。抽刀斷水水更流，舉杯消愁愁更愁。人生在世不稱意，明朝散髮弄扁舟。（〈宣州謝朓樓餞別校書叔雲〉）

黃鶴西樓月，長江萬里情。春風三十度，空憶武昌城。送爾難為別，銜杯惜未

傾。湖連張樂地，山逐汎舟行。諾謂楚人重，詩傳謝朓清。滄浪吾有曲，寄入棹歌聲。（〈送儲邕之武昌〉）

「解道澄江淨如練」是從謝朓寫景名句「澄江靜如練，餘霞散成綺」脫胎而來。後兩首則都提到謝朓的「清」，此後我們談到謝朓，大概都會將他的詩詮釋成「清麗」，這與李白的蹭熱度頗有關連。

「蓬萊文章建安骨，中間小謝又清發」這句詩很著名。整個漫長的六朝時期，有如此多詩風與詩人代際，但對李白來說，他顯然最喜歡建安與永明這兩個斷代——建安時期代表詩人，即是三曹父子；而中間創造山水題材的大謝被鬼隱（失蹤），直接稱頌小謝。

當然，與這首詩在宣城謝朓樓所寫有關，不過也可見李白對謝朓的賞愛。爾後到了清代的王士禎，有首〈論詩絕句〉這麼評論李白：

青蓮才筆九州橫，六代淫哇總廢聲。白紵青山魂魄在，一生低首謝宣城。

意思就是說青蓮居士李白才氣縱橫，一改六朝的綺靡之氣，但他唯一服氣的就是宣城太守謝朓。

《詩品》開噴謝朓，只列在中品

然而在齊梁當時，文壇也不是所有人都追捧謝朓。譬如鍾嶸的《詩品》，對謝朓的詩意見就稍微保留。鍾嶸論詩分成上、中、下三品，而謝朓被他放在「中品」，實在有點不夠respect咱們謝朓：

> 一章之中，自有玉石，然奇章秀句，往往警遒，足使叔源失步，明遠變色。善自發詩端，而末篇多躓，此意銳而才弱也，至為後進士子之所嗟慕。朓極與余論詩，感激頓挫過其文。（《詩品》）

鍾嶸的《詩品》雖然篇幅不長，但今日頗受到學者重視。一來六朝文獻殘佚，目前看到體系完整的詩論僅剩《詩品》，二來是鍾嶸論詩，喜歡摻入「餘論」，所謂「詳其文體，察其餘論」（〈卷中〉論沈約詩）是也。

所謂的「餘論」，指的可能是當時人的談資評論，所以鍾嶸的上、中、下評價，即便後來許多詩論家並不認同，往往也難以反駁。畢竟我們已經無法得知當時流行的餘論與評價為何了。也因此，我們現在看文學史，有些當時很受重視的作家，其實寫得並不怎麼樣，我覺得這和一代有一代的流行口味與美學標準有關。

在評謝朓詩時，鍾嶸也加入了一個他親身聽聞的實錄，說：「朓極與余論詩，感激頓挫過其文」。這句話如果正常翻譯就是：「謝朓曾經與我論詩，他本人的激烈情懷甚至超越了其詩文表現出的風格」。

但若用鄉民邏輯超譯一下，就變成：「這些都謝朓親口告訴我的，最好你敢嘴？」只能說鍾嶸真的很鄉民，類似棒球比賽時，投手表現不好，但鄉民嗆聲「有種換你自己上去投投看」的嘴豪。所以我們現在固然不完全認同《詩品》的評論，卻又很難將之推翻。

不過考量到鍾嶸與沈約有嫌隙，沈約特別推崇謝朓，說小謝詩猶如「彈丸脫手」。用現代白話來翻譯就是像吃到慶仔，不，是說像子彈發射那樣一洩千里、流暢好讀。先假設鍾嶸是那種狼若回頭，要來報仇的性格，沈約說好棒棒的，他就硬要說好爛爛，也不能全無可能。

憂讒畏譏的危懼感

講了那麼多謝朓在詩學上的成就，到底謝朓給我們什麼樣的現代啟發呢？基本上謝朓的詩歌除了清麗、流轉，最重要的就是「危懼感」。這個概念最早由六朝詩學者洪順隆在其〈謝朓作品所表現的「危懼感」〉這篇論文中，首先提到這個概念。其實說的是謝朓詩歌的獨特美學。

在前文談同題共作時（請見〈流傳兩千年的馬屁文學〉一文，第五〇頁）我們提到，永明八年（西元四九〇年），謝朓跟著當時的隋王蕭子隆赴任荊州，在荊州時期還算是受到重用，擔任文學一職，其他永明詩人還寫了些有點客套的詩為謝朓餞行。

但未料幾年之內，朝政時局發生變化，謝朓也遭到誹謗。永明十一年（西元四九三年），他被召回京，寫下〈暫使下都夜發新林至京邑贈西府同僚〉這首詩，而這就是謝脁典型表現出「危懼感」的詩歌：

大江流日夜，客心悲未央。徒念關山近，終知返路長。秋河曙耿耿，寒渚夜蒼蒼。引領見京室，宮雉正相望。金波麗鳷鵲，玉繩低建章。驅車鼎門外，思見昭丘陽。馳暉不可接，何況隔兩鄉？風雲有鳥路，江漢限無梁。常恐鷹隼擊，時菊委嚴霜。寄言罻羅者，寥廓已高翔。

「寥廓已高翔」大概是謝脁最終的願望，大概就是《冰雪奇緣》裡艾莎唱的那首「Let It Go」可以比擬吧？

每次教到這首詩，我總是想到名片《刺激一九九五》裡，主角挖了幾十年地洞終於逃出牢籠，在大雨滂沱的夜色裡振臂高呼，重享自由的那一幕。不過這太戲劇化，也太艱難，最後謝脁仍然沒有獲得他想要的自由。

沒事當了抓耙仔的謝朓

前述那首詩裡，謝朓寫了一個意象是「常恐鷹隼擊」，根據舊注，認為此句在敘季節。但按照字面解釋，「鷹」與「隼」是兩種猛禽。如果從詩的表面來翻譯，謝朓認為自己即便是隻小小鳥仔，卻能逃脫猛禽的追擊，在天空遼闊翱翔。

他這樣危殆不安、渴望自由的簡單願望，看起來沒什麼了不起，但當我們更理解謝朓其人與身世之後，就會真心為他感嘆一句：「可憐啊！」

根據《南齊書．謝朓傳》，回到都城之後，謝朓做的一件最大悔恨之事，可能就是在王敬則要叛亂時當了抓耙仔，舉報了王敬則：

> 建武四年（西元四九七年），（謝朓）出為晉安王鎮北諮議、南東海太守，行南徐州事。啟王敬則反謀，上甚嘉賞之。遷尚書吏部郎。……朓初告王敬則，敬則女為朓妻，常懷刀欲報朓，朓不敢相見。

當時的皇帝齊明帝蕭鸞還滿讚賞他的，將之任命為尚書吏部郎。但是各位注意：這位王敬則是誰？他要叛亂時，謝朓怎麼會預先知道呢？《南齊書》最後一段有說明：「敬則女為朓妻。」

真相大白，原來王敬則是謝朓的岳父。那謝朓大大你當了抓耙仔，告發了自己的岳父，老婆在你背後不就非常火？

沒錯，還不是普通的火而已，謝朓妻此後「常懷刀欲報朓，朓不敢相見」。只要一回家就會吃慶仔、挨刀子的生活，我看正常人不危懼也很困難吧？

所以扯到這裡，各位終於了解為什麼這一篇會放在此了。因為謝朓與老婆的關係就是典型的「相愛相殺」啊（之前相愛，現在相殺）。

可憐我們齊梁最重要的詩人謝朓，就在這樣隨時會被老婆砍死的生活中度過了兩年。蕭鸞的兒子東昏侯即位，由於東昏侯荒淫無道，蕭瑤光準備篡位，於是私下與謝朓聯絡。但咱們謝朓寶寶又準備要告密當抓耙仔，這回蕭瑤光與徐孝嗣等大臣決定先下手為強，參他一本，於是總是怕惹禍上身的謝朓，終究還是抱著危懼的心情，下獄而死，卒年僅得三十六歲。

到了梁代，那些和謝朓論詩過的文人，像沈約或鍾嶸，分別用他們的美學標準重新建構並想像了謝朓的詩歌。再過兩百多年，李白誕生，在他那「中間小謝又清發」（紅中白板沒摸到）的詩句裡，我們重新認識這個終身懷抱著危懼感，寫下清麗流暢的詩句，描繪物色山水的詩人。

我們也都知道，愛情沒有對錯。只是那些欺騙、背叛、負心，還有曾經海誓山盟，最後變質發餿的承諾，都會成為日後不可承受之痛與之重。

關於王敬則之女，謝朓之妻這位太太，史傳著墨甚少，我們只能從隻字片語裡揣測她的強悍與決絕，並稍微能遙想謝朓所感受的恐懼。

說不定每個人在感情裡都曾有過「我要拿刀砍死那個人」的心情，只是真正去實踐的恐怕不多。從這樣來看，我們也不確定到底可憐的是誰。微妙的是古文裡的「可憐」往往有多重的解釋，可以解釋成「可悲」的憐，也可以解釋成「可愛」的憐。「憐愛」與「憐惜」彼此如量子糾纏密不可分，或許我們也可以說，這就是古文與古人在感情流轉之際，最微妙也最機巧的體貼吧！

相愛相殺二號——梁元帝

比起謝朓經常活在老婆拿刀相殺的陰影之下，我們更可憐的梁元帝蕭繹，他的陰影則是正妻經常給他難看，還故意讓他帽子綠綠der。

即便這兩年終於通姦除罪化了，但在梁元帝的時代，她的元配徐昭佩就算是個覺醒煞氣的性解放女子。我在《國文超驚典》一書裡曾介紹過「徐娘半老，風韻猶存」這句諺語的由來，就是出自徐昭佩這位新時代解放女覺青：

（元）帝左右暨季江有姿容，又與淫通。季江每歎曰：「柏直狗雖老猶能獵，蕭溧陽馬雖老猶駿，徐娘雖老猶尚多情。」時有賀徽者美色，妃要之於普賢尼寺，書白角枕為詩相贈答。……太清三年，遂逼令自殺。妃知不免，乃透井死。帝以屍還徐氏，謂之出妻。（《南史．后妃傳》）

梁元帝有個侍從叫季江，「有姿容」，就是人帥真好的意思，於是徐昭佩與之有姦情。敢偷吃約到皇帝的后妃就已經很呱張了，季江還到處向人炫耀，說柏直家的狗雖然老還能打獵；蕭溧陽家的馬雖然老還是駿馬；徐娘雖老還很好玩。

講這種話真的不怕掉腦袋嗎？真的是不怕你不玩，怕你玩不完。另外小鮮肉二號賀徽，徐昭佩又寫詩贈答，問他「ㄩㄇ（約嗎）？」梁元帝終於看不下去了，下令賜白綾三尺、毒酒讓她選，也就是我們俗稱的「被自殺」。

其實元帝與徐娘算是一對怨偶，有沒有相愛真的不確定，但相殺是肯定有的，根據《南史．后妃傳》：「元帝徐妃諱昭佩……無容質，不見禮，帝三二年一入房。妃以帝眇一目，每知帝將至，必為半面粧以俟，帝見則大怒而出。」

雖然夫妻相見不如不見，但梁元帝每兩三年還是想到要去寵幸她一番（皇上您這是何苦？）無奈徐妃當真的是個惹人氣噗噗的女子，因為知道梁元帝一隻眼睛看不到，故意只化半面妝來修辱他。

而最愛八卦，偷窺人家夫妻閨房情趣的狗仔李商隱，又寫了一首〈南朝〉詩，偷酸這對相愛相殺的夫妻。真的是記者專業戶：

> 天險悠悠地險長，金陵王氣映瑤光。休說此地分天下，僅得徐娘半面妝。

田曉菲教授解釋這首詩，將江南與徐妃的身世與寄寓連結在一起，說得非常細膩與充滿象徵，此處徵引一段：

> 李商隱的絕句一開始以軍事性和政治性的語言描繪江南，這個雄健的江南在詩的結尾處卻轉化為一個詭譎的女性化形象——一個女人化了一半妝的面孔。遙光是北斗第七顆星，但同時也是荊州一座佛寺的名字，據說徐夫人常常在此私會她的和尚情人。詩人似乎使用了一個巧妙的雙關語，暗示梁元帝作為男人，既不能控

制自己的妻子，也不能保住江南的土地。（《烽火與流星》）

就這個隱喻來說，徐娘只能算梁元帝的半個女人，而江南也只是梁元帝的半壁江山。但他終究還是失去了這兩者。於是作為一個男人，或作為一個君主，他都算失職了。

梁元帝的荊州情結

梁元帝可能不是一個稱職的君主，不是一個體貼的丈夫，也不是一個孝悌的兄弟。侯景之亂時建康被圍，他與親兄弟們都擁兵自重，在自己的封地觀望情勢，不願意發兵相救。這點被後來的歷史學家詬病。

不過我也想替梁元帝說幾句公道話，他自幼領荊州刺史，在荊州經營十餘年，我猜想他對於此地恐怕有著格外親切的情感，一種愛鄉愛土的荊州情結與荊州價值。

我們這幾年喜歡對「愛國詩人」進行辯證，總會問誰是不是哪裡人？梁元帝在荊州江陵時期，寫了不少與荊州有關的詩，算是一個真正愛荊州的詩人。好比以下這兩首：

> 極目纔千里，何由望楚津。落花灑行路，垂楊拂砌塵。柳絮飄晴雪，荷珠漾水銀。試酌新春酒，遙勸陽臺人。（〈登江州百花亭懷望荊楚詩〉）

> 玉節居分陝，金貂總上流。麾軍時舉扇，作賦且登樓。年光徧原隰，春色滿汀洲。日華三翼舸，風轉七星斿。向解青絲纜，將移丹桂舟。（〈別荊州吏民〉）

「極目纔千里」這句詩，後來成了知名的「欲窮千里目」的由來。而「陽臺」不是指今日客廳延伸出去的陽臺，而是延續著巫山神女的典故而來。至於在他的〈別荊州吏民〉詩中，我們可以看到兩個明確的典故——「麾軍時舉扇，作賦且登樓」。王文進教授解釋此詩，說對梁元帝蕭繹來說，他有兩個崇拜欽服的歷史人物，一個是曹魏的王粲，一個是蜀漢的諸葛亮。

王粲是文人，有寫賦的實績；孔明是將領，曾數度率軍北伐。梁元帝將這兩個歷史人物的形象結合投射到了自身，如果我們還記得他藏書十數萬卷，且好讀書，日夜不倦的事蹟，梁元帝顯然覺得自己是個儒將，集軍事與文學的技藝於一身。當然，最後他終究被當成一個文人，而並非窮圖大業的軍事家。

國圖，燒毀！故宮，燒毀！

由梁元帝所領導的梁朝，最終還是破滅了。西魏即將攻陷江陵前夕，他決定再次重演當年秦火焚書的悲劇。不過相對於前一次焚書出於箝制言論與純粹破壞狂，梁元帝這次的焚書顯得非常悲壯：

及魏人燒柵，（朱）買臣、謝答仁勸帝乘暗潰圍出就任約。帝素不使馳馬，曰：「事必無成，徒增辱耳。」……乃聚圖書十餘萬卷盡燒之。（《梁書・元帝本紀》）

帝入東閣竹殿，命舍人高善寶焚古今圖書十四萬卷，將自赴火，宮人左右共止之。又以寶劍斫柱令折，歎曰：「文武之道，今夜盡矣！」（《資治通鑑》）

《梁書》說得比較內斂，就是西魏攻城之際，朱買臣等人要梁元帝趕快坐空軍一號逃走，不，可以坐空軍一號的是蔡總統，朱買臣等人是要梁元帝騎馬夜逃。梁元帝可能因為眼疾，不便騎馬，所以拒絕了，說只是徒增羞辱而已。最後的時刻，他將十萬卷藏書全部燒毀。

《資治通鑑》寫得更戲劇化，說梁武帝焚書之時，準備親身赴火，這時左右太監趕忙拉住皇帝。這是真的，梁元帝其實要焚的不只是書，他其實是想要以身殉國。昔日曾經以半面妝來羞辱自己的女人已經被自殺了；現在連自己的半壁江山都即將保不住。最後他決定將寶劍砍斷，大喊一聲：「文武之道，今夜盡矣！」折劍代表大梁的軍事力量滅絕了；焚書代表江南的藏書與文明也終結了，最後，這個男人什麼也沒有剩下。

真正的亡國感，這畫面太慘我不敢看

這是真正的亡國感吧！你不妨想像一下，當所謂的「這個國家」有一天當真走向亡國之路，總統下令將國家圖書館藏書、故宮文物拿來付之一炬的悲壯嗎？

這畫面太慘，我根本不敢想像。

從文獻保存的角度，不過是改朝易代，就搞這種焚書毀滅性攻擊，有點太可惜，但從文學的角度，梁元帝倒也不是真的什麼也沒有留下來。他寫了許多首遊戲詩，如〈星名詩〉、〈獸名詩〉、〈將軍名詩〉、〈針穴名詩〉等等，雖然只是拼貼詞語，徒具形式，倒也別有趣味。

此外他與文學集團共作樂府與宮體，從此談到六朝唯美文學，不能跳過他與其兄蕭綱所寫的宮體詩。所以我真心覺得梁元帝或許在文學上而言成就並不差，但在政治上，當真是個很悲劇的皇帝。他的悲慘不僅來自於與皇后的齟齬與艱難，愛情與政治對他來說是兩位一體，但這兩件事都失敗了。

不過說到宮體，那是另一個坑。後來的朝代只要一談到宮體詩，文人就氣噗噗，認為將床笫之事張揚於大堂之上，簡直是古代謎片，詩道下流，莫此為甚。

為什麼將女性作為詩歌的主題是那麼墮落的一件事？而宮體詩又是怎麼藉著文字呈現迷片的情節？這與南朝詩人對文學的想像有關，但同時，宮體詩的被汙名化，其實又與當時與後世的網軍帶風向有關。所以，讓我們繼續看下去。

輯四

網紅網美出征

流量的戰爭，早就已經開始了

不會吧？你說六朝就有臉書有網路社群了嗎？不然哪來的網紅與流量？雖然沒有網路，但寫寫日常廢文，發發不正經還有點色色的哏圖，以及努力跟議題，帶風向，這種事在每個亂世都會發生。所以這一篇就來介紹六朝最著名的詩體——宮體詩。

「宮體詩」其實不只等於情色與女性題材，但有個很大的因素是因為六朝很亂，而且最後滅亡了，於是宮體從此變成墮落的題材，這是後代帶風向的結果。但其實正因為亂世，當時就有許多史傳著作，努力操作輿論，譬如諸葛亮與曹丕，都是被這般抹黑風氣搞到的名人。

而我覺得六朝跟現今最像的，還是那種末世的頹廢與荒涼。好像一切都不重要，都無意義，只剩下輕薄輕豔的作品（對應現在，可能就是ＩＧ上網美照與意義不明的短詩）。但又如何呢？以前有亂世，以後也會有亂世，我們能做的，就是在這個身如浮絮飄萍的小時代，苟延殘喘地活下去吧！

宅男VS女神——宮體詩的靜態美

當我們談論到「宮體詩」，歷來往往有些錯誤的印象。首先，宮體詩中確實有部分和女性、情慾相關的主題，但其實還占不到二分之一（其他則是詠物、詠節令等題材），且它色色的程度只能說是現在的輔導級，距離限制級或迷片等級可以說還差得很遠。

其次，是這些宮體詩雖然確實以後宮女性或貴族的妻妾為描寫對象，但「宮體」的「宮」並不是「後宮」，而是指太子居住的「東宮」，所以此宮非彼宮，也不是有宮就表示有色色的內容可以看。

其三，也就是對宮體詩最大的誤解，就是整個六朝都在寫宮體詩。事實上宮體這個名詞正式出現，是要到蕭統的弟弟蕭綱入主東宮（西元五三一年之後），才被寫在文學史之中。這時已經是梁朝末年，再過二十幾年，梁朝也就正式滅亡了。

「宮體」這個概念是誰創的？根據史料，是當時太子蕭綱的僚臣徐摛：

（徐）摛幼而好學，及長，遍覽經史。屬文好為新變，不拘舊體。……文體既別，春坊盡學之，「宮體」之號，自斯而起。高祖聞之怒，召摛加讓，及見，應對明敏，辭義可觀，高祖意釋。（《梁書．徐摛傳》）

意思就是徐摛的文章很追求新變，開始寫這種迷片題材。沒想到整個東宮都在學習，蕭綱的老爸梁武帝知道之後，森氣氣地把徐摛找來開罵，但發現「欸，其實宮體詩也沒那麼變態」，就讓他繼續寫下去好了。

寫宮體寫到亡國？比扯鈴還扯

問題來了，如果宮體其實也沒那麼糟糕，那為什麼六朝之後的歷朝歷代，談到宮體都那麼氣噗噗？說整個時代的文學就是那麼淫靡墮落，一蹶不振，圈圈叉叉（以下省略五百字）？最重要的原因就是因為南朝最後覆滅了，被北方朝代給統一了。

如果你看過前面的篇章，應該會想起來，同時期的北朝明明也經歷好幾輪改朝換代啊？北魏分裂成東魏與西魏，後來被北齊與北周篡代，接著北周滅了北齊，隋再取代北周……

對啦！只是從結果來看，北方人是征服者，最後消滅了南方政權，於是宮體詩就與亡國連結起來。田曉菲教授在《烽火與流星》中說這是一種「文化神話」，但歷代還真有不少人服膺這種神話。譬如唐代史家魏徵（就是諫唐太宗的那一位）編撰的《隋書．經籍志》就是這樣解釋：

梁簡文之在東宮，亦好篇什，清辭巧製，止乎衽席之間；彫琢蔓藻，思極閨闈之內。後生好事，遞相放習，朝野紛紛，號為宮體。流宕不已，訖于喪亡。陳氏因之，未能全變。

《隋書》說的算是滿隱晦，一言以蔽之宮體都在寫什麼——就是「止乎衽席之間」、「思極閨闈之內」。那不正是房中閨閣的床笫之事嗎？這番隱晦的說法就像我之前經過情趣用品的專賣店，偷聽到隔壁小孩在問他媽媽：「什麼是『情趣用品』？」媽媽回答他：「增加生活情趣的用品。」

如今看宮體詩，確實和女性、閨閣等題材有關，但其實這也是從漢代樂府裡的遊子思婦延伸而來，頂多增添一些旖旎的女性情態描寫，以及與女性貼近的妝奩或器物的吟詠而已，和我們今日想像的情慾流動，甚或是愛情動作實在沒有什麼關係。

宮體詩最大特色：靜態美的女性

過去學者也對於宮體有許多精闢的研究，譬如中國大陸學者歸青的《南朝宮體詩研究》，就對宮體的時代，其發生背景、定義、形式風格，進行全面考察。而我覺得真正將宮體的精神與特徵進行細膩對比的，應該是張淑香教授在《抒情傳統的省思與探索》一書中的論述。在書中，張教授將漢魏樂府中所描寫的女性視為一種動態美，而將梁陳宮體詩所描寫的女性視為靜態美：

> 就如（簡文帝的）〈美人晨妝〉題目所示，宮體詩中的美女，唯以感官之美為事，則她所擁有的，也自然就是充滿感覺性的感官之美了。……此中的女性，沒有了〈子夜歌〉中女性的那種自然血色的鮮美與純真熱烈的個性。她們彷如被抽離了一切的情感與精神，而變為真空。……這種有如圖畫的靜態感與孤立的距離感，正意味著一種獨特的美感態度展現。

由於宮體詩只著眼於女性的感官美以及其感覺性的想像與暗示，而不涉及任何情感或精神的內涵，故而其中的女性，只是一個客觀的美感對象，而有被物化、被靜態化的傾向，彷如置身於圖畫之中一樣。

這兩段論文看起來很學術，若簡單解釋就是：因為宮體詩完全由男性文人投射與想像，所以它所描寫女性的美，是被物化、被靜態化的。

現在鄉民喜歡戰性別平權，女覺青戰父權霸權，男鄉民嗆女權自助餐，經常會用到「物化」這個詞，但與張淑香教授這篇論文的脈絡不太一樣。現代所謂的「物化」，指的是說將女性的魅力以及情慾價值，當成可以用物質交換的對象物。

但對宮體詩人來說，他們將女性題材當作「詠物」之「物」，真正將它圖畫化、平面化，作為物體來吟詠。好像這些宮女與妻妾都成了VR般的擴增實境，在文學裡被靜置，失去了精神美。

這樣蒼白、靜態的美到底是好還是不好？我覺得見仁見智，至今日還有討論的空間，但從如今留存的宮體詩來看，詩人們描寫「物化」的女性，包括孌童（即小鮮肉底迪），似乎不是出於情慾，更多是出於他們對文字雕飾的熱衷。

也就是說，他們投射慾望的對象並不是眼前平面的物體，而是文辭所展現的美感，藉著文字的美感就足以滿足詩人的慾望（不用看迷片，只要看寫真集去想像就好了的意思）。

宮體是汙點？你全家才汙點

當然，若從變態與否的角度，宮體詩可能是更高層次的變態。總之在後來的時代，宮體詩開始被狠狠批評，連帶整個六朝文學都遭到貶低。

其中最著名的就是民初學者聞一多〈宮體詩的自贖〉這篇論文裡的「汙點說」：

我們該記得從梁簡文帝當太子到唐太宗宴駕中間一段時期，正是謝朓已死，陳子昂未生之間一段時期。這其間沒有出過一個第一流的詩人。那是一個以聲律的發明與批評的勃興為人所推重、但論到詩的本身，則為人所詬病的時期。沒有第一流詩人，甚至沒有任何詩人，不是椿罪過，那只是一個消極的缺憾。但這時期卻犯了一椿積極的罪。它不是一個空白，而是一個汙點。

雖然「這時期卻犯了一椿積極的罪。它不是一個空白，而是一個汙點」，這話說得很派（囧），但其實正好承認了蕭綱（即簡文帝）之後到陳子昂之前，這個時代留下了許多詩歌以及代表詩人。

文學史的紀錄固然是穩定知識，但其中有許多可以翻案或再商榷的空間。而要怎麼找到這些翻案的點，就在於從他們的話語霸權之中找到破綻。過去學者之所以不願意正視這個時代大量的詩人與作品留存，是因為他們不願意這種墮落不入流、無以載道的文學被認證為文學。

但誰能說這些不是文學呢？在那個還沒有文以載道的時代，在那個朝不保夕的時代，在那個文人為了苟且求生，依附權貴，順應貴族要求而寫作的時代。

這可能就是宮體詩內含「自我」與「超越自我」的意義。因為在亂世，所有行為都要與過去有所區隔。許多古代的聖賢偉人，他們有遠大的目標與抱負，他們說死有輕如鴻毛，有重如泰山。但並不是每個人都要選擇重如泰山的生存與殉國。

有些人只是為了生存，只是為了在他們的人生，在自己仕宦生涯裡留有一席之地。所以他們寫詩，跟著長官寫詩，跟著同僚寫詩，寫當時代流行的詩。而且寫得還不錯，很細膩又很美，即便現在讀起來了無意義。

「詩」一定要有意義嗎？

但誰說詩歌一定要有意義？誰說詩歌一定要文以載道？當然，我們可能會想到〈詩大序〉所說的，詩歌的起源與傳統：

> 風以動之，教以化之。詩者，志之所之也。在心為志，發言為詩。情動於中而形於言，言之不足，故嗟嘆之；嗟嘆之不足，故永歌之；永歌之不足，不知手之舞之、足之蹈之也。

這序是在說：「詩」起源於「在心為志，發言為詩」，心裡想什麼，說出來就是「詩」，有時候光用語言說不清楚，就用唱的，用唱的如果還不夠，就手舞足蹈來表現。這有點像參加市長辯論會，但一時情緒激動，想唱一首「人生短短幾個秋」的感覺。總而言之，按照〈詩大序〉的說法，「詩」一定得要出於真性情。

但這是真的嗎？人生在世，難免會有說說假話，對人假笑的時候吧？只能說這是漢代對「詩」的理解，且可能是對「詩」最崇高的要求。就像漢武帝時設置「樂府」這個官署，當初的意義在於：

自孝武立樂府而采歌謠，於是有代趙之謳，秦楚之風，皆感於哀樂，緣事而發，亦可以觀風俗、知薄厚。（《漢書·藝文志》）

因為詩來自性情所發，所以採集百姓的詩歌，可以用來觀風俗、知薄厚——知道百姓的需求，體察民間疾苦。

不過要的注意是，既然已經到了六朝，不是先秦，也不是兩漢。六朝詩人為何不能以另外一種方式看待他們的詩歌？田曉菲教授說到宮體詩，有一個非常有創見的觀點，容我在此引述：

梁代宮體詩人在中國文學史上開闢了一個新紀元。這些詩人沉浸於文字的樂趣，找到了一種新的方式來描寫和理解物質世界。……沒有這些詩人，我們不可能有今天的中國詩歌經典。……從古至今，中國文學和文化史話語的核心焦慮是文學之「用」。人們對任何「多餘的」，孤立的，缺乏合適歸屬，不能被分門別類、登記在小卡片上的事物，感到永遠的不安和懷疑。

我們習慣上總覺得一樣東西「有分量」才有價值，但是歸根結底，文學無非是人類用以抵禦卡爾維諾所謂的「人世之沉重，惰性和混濁」的一系列努力，如此而已。（《烽火與流星》）

宮體詩正好相反，它不反映人生之沉重。宮體詩「輕」與「豔」，就如田曉菲教授引用卡爾維諾（Italo Calvino）《給下一輪太平盛世的備忘錄》所說的：「輕」的文學就像女巫的木桶或掃帚，卻是真正讓女巫飛翔的事物。

別忘了，這是亂世。擺脫文以載道的傳統，或者說，在還沒有真正面臨文以載導傳統的六朝，這是詩人們想到脫離現實的一種模式。

而身處同樣的亂世，在經歷了學校裡多年的作文教學，接受起承轉合、主旨大意、篇章結構與旨趣等訓練之後，我們還能不能寫自己的文章？不為別的，只為寫而寫，只為無意義而寫，為了自我與超越自我的意義而寫。

我覺得這是宮體詩給我們留下來最重要的意義。也就是看似無意義，或真正無意義的意義。以前文學獎時代，我們寫作為了得獎，出書成為作家；後來文學獎式微，我們談寫作的實用目標，可以拿來故事行銷，可以在社群上造成瘋轉，創造高流量與高關注。

但這些都不是宮體詩人的寫作目的。他們不為了任何目標而寫，寫作就是一場廣義的遊戲，是「餘事」，是多出來的、剩餘的、無意義的，這還真的有點像是我們的人生。

人生到底有沒有意義？這是一個哲學問題，每個人都可以有自己的想法。但我們能不能有「覺得一切都無意義」的選項？當然可以，這就是宮體詩人替我們示範的。如果人生的本質就是無意義，一切都是巨大的荒謬與徒勞，那這些耽美一瞬間的詩歌，又有何不可呢？

宮體VS迷片——矛盾大對決

前一篇介紹宮體詩的意義那麼落落長，大家最關注的話題終於來了。作為六朝文學情慾墮落的代表，在古文興起的時代，被批評到不行的「宮體詩」，到底都在寫什麼，又到底有多淫靡情色呢？

如我在前文所說：宮體詩一來頂多寫女性的姿態或珮飾這一類的貼身小物，雖然沒有什麼寄託隱喻，但也沒有到愛情動作片的程度；二來所有的宮體詩中，真正寫女性、宮人、閨情的篇章，還占不到二分之一，詠物、詠節令等內容更占了大多數。但為什麼到了唐宋古文時代，六朝詩要這樣一直被拿出來鞭呢？其實和後來古文家的建構有關。用我們現在更流行的說法，就是所謂的1450帶風向啦！

宮體墮落？還是被帶風向的結果

當時這些詠宮女的詩篇，其實也是將女性當作「物」在吟詠，並沒有什麼情慾的想像。不過後來不幸地，由於南朝滅亡了，且導致南朝亡國的正是北方的朝代，所以北朝人洗白自己的邏輯，就是告訴你南方王朝都在寫這些情色淫靡的亡國之音，這樣就解決啦！

用成語來說，這叫「師出有名」；更白話來說，就是「你亡國，你活該」。真的很怕有一天我們中華民國臺灣，也被人家這樣帶風向洗黑。

經過初唐的史論家努力地擠牙膏，終於把南朝的宮體詩跟亡國擠在一起。而後來回顧唐宋的古文運動改新，一般認為陳子昂是開第一槍的改革者：

唐初王、楊、沈、宋擅名，然不脫齊梁之體。獨陳拾遺（子昂）首唱高雅沖淡之

音，一掃六朝之纖弱，趨於黃初、建安矣。（劉克莊《後村詩話》）

唐初四傑之中的王勃、楊炯，以及沈佺期、宋之問等人的詩風，基本上還是不脫齊梁的習氣，雖然他們不是寫宮體或女性，但基本上也是抽黃對白、精於雕琢。直到陳子昂開始掃除六朝纖弱的弊病，回到了建安時期梗概的詩風。

陳子昂是這樣陳述自己的文學觀：

文章道弊五百年矣。漢、魏風骨，晉、宋莫傳，然而文獻有可征者。僕嘗暇時觀齊、梁間詩，彩麗競繁，而興寄都絕，每以永嘆。思古人，常恐逶迤頹靡，風雅不作，以耿耿也。（〈修竹篇〉序）

如果各位記得以前背過的「文起八代之衰，道濟天下之溺」（那是在說韓愈）這樣的句子，基本上讀與前述這段的大意差不多。反正就是六朝好邪惡、好墮落、好可撥，到我們這個時代要撥亂反正。

古文運動登場：古文棒棒，齊梁廢廢

我在前面已經陳述了我的看法，所謂「彩麗競繁，而興寄都絕」確實是齊梁以至於宮體詩的特徵，而以美文為範本，追求華麗的詞藻，這不也是我們國高中時期的作文老師的要求嗎？或許美文流於為文造情，但我個人倒不覺得以美文為範本的寫作有什麼錯。

不過先不要開戰寫作文這件事，重點在於「興寄」就是寄託，說文章要載道，要有寄託，這是唐代才開始有的想法。在漢代，「文學」代表的是「文章與學術」，文學作品還沒有獨特的自覺，到了六朝，作家與詩人才開始思考「為藝術而藝術」的文學。

這正是前篇所徵引的卡爾維諾所說：因為人生之沉重，所以文學為了服務人生，也必須沉重。

不過我們也可以提出三個問題：第一，為什麼文學非得沉重不可？第二，為什麼文學必須為人生服務？第三，也是最關鍵的問題，人生一定要背負著什麼沉重的使命嗎？

難道我不能很厭世嗎？我不能很率性嗎？我不能超越名教而任真自然嗎？這是六朝文學不斷思考的問題，而具體呈現就是如宮體詩這樣的作品。

我要強調，並不是因為我研究六朝文學，讀慣宮體詩了，所以要為它翻案。在還沒有文以載道的時代，詩歌本來就是言志與緣情，當發現自己的志向是「沒有志向」，當發現自己的人生「輕盈且無意義」的時候，我能不能寫這樣輕盈而沒有意義的詩歌呢？

我認為當然可以。六朝詩——或更聚焦來說是宮體詩——就為我們示現了這樣風格。所以讓我們來看幾首彩麗競繁、純粹唯美的宮體詩：

可憐稱二八，逐節似飛鴻。懸勝河陽伎，闇與淮南同。入行看履進，轉面望鬟空。腕動苕華玉，衫隨如意風。上客何須起，啼烏曲未終。（蕭綱〈詠舞詩〉）

十五屬平陽，因來入建章。主家能教舞，城中巧畫粧。低鬟向綺席，舉袖拂花

黃。燭送空迴影，衫傳篋裏香。當由好留客，故作舞衣長。（徐陵〈奉和詠舞詩〉）

蕭綱即是簡文帝，他是宮體詩的代表人物；而徐陵是《玉臺新詠》的編者，可以說是宮體詩的「論述建構大師」。蕭綱先跟著徐摛寫了這樣的題材，而徐陵「大其體」，將歷代的古詩都納入了宮體詩的範疇。

這些「詠舞詩」應該不是看街舞breaking，而是看宮女跳舞的感想。蕭綱這首詩先作，徐陵與之應和。蕭綱的原詩雖然寫的很動感，但這舞妓其實還是很靜態。詩人憐愛舞妓猶如飛鴻的優美舞姿，接著寫她轉身時，鬟鬢跟著旋轉的畫面，也寫她手舞足蹈時，手腕上珮飾晃動的模樣，以及隨著身體動作，舞衣迎風飄揚的風姿。

我們其實看不到什麼情慾的畫面，頂多就是欣賞藝術表演的心得，透過猶如寫生一樣的文筆將之紀錄下來。徐陵為了要突破這個他應和的原詩，他用了漢代衛子夫的典故。

我們現在古文用典好像是為了看作家裝逼（賣弄），讓國文老師有地方可以停下來畫重點，但對這些詩歌來說，典故的競繁象徵的就是他們的知識力與文化力，所以徐陵只用「平陽」、「建章」這些漢代的地名暗示，卻沒有明確指出他到底描寫的是眼前的舞妓，還是漢武帝時一代舞孃衛子夫。而當這個猶如一代舞妓的女子起舞之時，她的環佩，她的舉袖，一瞬間的空氣的味道，燭光閃滅時陰影的變化，都被細膩地勾勒下來。

其實當我重新讀這些宮體詩的時候，很意外唐代的古文家不喜歡這些作品。它們確實沒有人生寄託，只有歌聲、舞蹈、宴會，還有這些靜態的光景。但這些詩歌極致細膩，幾乎像是雕龍刻玉似的，把那宴會一瞬間的場景描摹下來。許多時候，也就是在這一瞬間靜止的畫面，寄託了我們的回憶與感情。

當然，宮體詩中也確實也有一些異男意淫、幻想的作品，在這批宮體詩中，如蕭綱的〈娼婦怨情詩〉。寫思婦之怨是古詩以來常見的題材，這就是典型男性的幻想。為什麼良人不在，思婦只能怨呢？

思婦與怨婦（男人幻想的啦！）

值得注意的是，此類宮體詩的描寫重點不是在思婦的怨，而是男性詩人與讀者藉著觀看思婦怨的過程，進而更去想像自己能否去滿足、填補思婦之怨，這就有點噁異男的色色想像與投射了。蕭綱這首是這樣寫的：

綺窗臨畫閣，飛閣繞長廊。風散同心草，月送可憐光。彷彿簾中出，妖麗特非常。恥學秦羅髻，羞為樓上粧。散誕披紅帔，生情新約黃。斜燈入錦帳，微煙出玉床。六安雙瑇瑁，八幅兩鴛鴦。猶是別時許，留致解心傷。含涕坐度日，俄頃變炎涼。玉關驅夜雪，金氣落嚴霜。飛狐驛使斷，交河川路長。蕩子無消息，朱唇徒自香。（〈娼婦怨情詩〉）

各位可能注意到蕭綱很愛用「可憐」這個詞，但他不是某總統候選人，古文的「可憐」也有憐惜、愛憐之意。然後蕭綱寫這個思婦女為悅己者容，所以化了妝，梳了羅敷的墮馬髻，只可惜良人不在他身邊，所以她感到又羞又恥。

隨著時間推移，那個蕩子終究行蹤不明，被交通阻絕沒有消息傳回來，思婦依舊守在閨閣裡，日日看著玳瑁鴛鴦的珮飾或屏風，獨自心傷。等等，「朱唇徒自香」這是怎樣？人家搽唇蜜香香der，關你肥宅異男個什麼事咧？這就透顯出這首詩的情慾描繪。

你說：「就這樣而已喔？」沒錯，充其量宮體詩裡的情慾流動，也就只要到這種程度，連二壘都沒上，只敢想像人家好香、好豔紅的微啟纓唇這樣。讀到這裡，你可能會想說：「可憐啊！」

「孌童」：小鮮肉終於上線

蕭綱還有一首被批評是墮落到無以復加的名詩——「孌童」。我曾經在網路專欄介紹過這首詩，基本上孌童就是小鮮肉、美少年。後來也有評論家認為描寫孌童，一來表現出蕭綱的同志傾向，二來表現出當時宮廷的下流墮落。

但若回到宮體詩描寫的背景，就像我們前面說的，它並不在於滿足詩人本身的慾望，而是表現出作家純熟細膩的描摹詠物功力，所以無論男女，小鮮肉或蘿莉妹，其實都不是重點，重點是詩人怎麼將他們「物化」，用詠物的模式將他們重現出來：

孌童嬌麗質，踐董復超瑕。羽帳晨香滿，珠簾夕漏賒。翠被含鴛色，雕床鏤象牙。妙年同小史，姝貌比朝霞。袖裁連壁錦，牋織細橦花。攬袴輕紅出，回頭雙鬢斜。嬾眼時含笑，玉手乍攀花。懷猜非後釣。密愛似前車。足使燕姬妒，彌令鄭女嗟。（〈孌童詩〉）

首先這詩用了兩個典故，董賢與彌子瑕，這兩位都是前朝與君主有龍陽之癖的男男戀主角。其實我覺得這更表現出這時代的宮體詩人不過就是異男，因為他們想像的美少年仍然是陰性化、女性化的存在。所以當這個小鮮肉「翠被含鴛色，雕床鏤象牙」、「嬾眼時含笑，玉手乍攀花」，以至於最後讓燕姬嫉妒，讓鄭女嗟嘆的結果，都是他被陰性化的象徵。

所以說這些詩墮落，當然也不能說不墮落。但若就當作寫生競賽來看，畫家不也經常以裸男裸女為模特兒，繪出其肌肉線條嗎？你看是情色，對人家來說是藝術了。

原來沒有迷片看，大家可以回家了

說到這裡，各位大概知道宮體詩，原來跟我們想像的不太一樣。

不過就只是這樣的程度，在歷代就被撻伐到無以復加，說什麼這是「床笫之事，揚於大堂」（章學誠語）啦，請問床笫之事在哪？我真的找不到。然後說這個時代「不是一段空白，而是一個汙點」（聞一多語），反正就是墮落、可憐這樣。

確實，以過去封建時代君主集權的角度，蕭綱身為堂堂太子，爾後又繼承帝位，以他這樣的身份階級，帶頭來寫這樣有些不正統的詩歌，難免遭到非議。再加上過去男尊女卑的不進步思想，將宮娥妻妾之事，寫於被認為要「在心為志，發言為詩」的詩歌大傳統之中，那招致的批判確實可以想像。

不過我真正還是嚮往這個宮體詩時代，不為了什麼沉重而寫，不為了什麼人生而作，就是純粹的美，純粹的可憐／可愛，純粹的無意義。

人生充滿了無意義，但一瞬間光影與舞姿呈現的美會留下來，透過詩歌，透過記憶。如果人生已經如此的艱難，為了單純記住純粹美好的片段，寫出一首沒有意義與寄託的詩，那又有什麼錯嗎？

史家VS網軍
——六朝就有網軍出征？

在本書開頭曾提到，三國時代曹魏的士人魚豢私修了《魏略》，在書中把人家劉備與孔明三顧茅廬的美事，亂帶風向一通，改編成諸葛亮為了求官而主動搭訕劉備。所謂曖昧讓人受盡委屈，我們孔明哪有那麼心機？而這就是典型網軍出征、參戰、中央廚房製作假新聞、小粉紅大外宣的行為。

古代需要大外宣嗎？當然要

你問我：「古代難道也有網軍？也需要大外宣？」當然有，而且在封建時期、君主集權、專制國家的年代，士人上對君主歌功頌德，下對庶民禮樂教化，加上資訊傳播慢，書籍不普及，各種黑箱不透明等消息，造成我們現在即便有各種史料，但它們彼此間也產生各種矛盾。

更具體來說，古代帶風向的士人，除了寫文學作品，像相互酬唱應和的公讌詩、贈答詩、宮體詩之外，最明確且最直接做國家宣傳工作的事業，就是編修史傳了。

若還對國學常識有印象的朋友，可能知道史傳有分成「官修」與「私修」兩種。官修通常就是君王敕編，而後來君王敕編的書不僅是史傳，像明朝永樂帝敕編的《永樂大典》，清聖祖康熙敕編的《歷代賦彙》，乾隆欽定編纂的《四庫全書》等等，這類大部頭的作品集結，代表的就是一個國家的文化力與軟實力。

至於私修，就是士人可能家傳相當足夠的史料文獻，於是自己興起撰史的念頭。私修史傳在太史公司馬遷之後，成為了一件很神聖崇高的志業，畢竟這是足以成一家之言而不朽的事業。

像六朝這種紛亂割據、五胡亂華的年代，一方面沒有一個特別強盛的帝國，似乎較少的官修著作。但另一方面，又因為各朝皆認為自己正統，南北朝的皇帝都認為自己繼承天命，因此私修的書籍比較多。

另外還有一些，是由一個文學集團集體編纂的作品，像是劉義慶與其僚臣編的《世說新語》，蕭統集團編的《昭明文選》，蕭綱集團編的《玉臺新詠》，這些書當然有展現文化實力的成分，但真正說到能帶風向，還是史傳來得更直接。

也正因六朝時不同國家與朝代並立，加上書籍傳播還是以手抄本為主，所以雖然編不出如《四庫全書》這樣的大部頭作品，但六朝時，私修史傳的風氣很盛行。萬繩楠在《魏晉南北朝史論稿》書中提到：

> 兩漢史學著名作家，不過就是司馬遷、班固寥寥數人。魏晉南北朝時期不同了，同一個時期的同一歷史，著者眾多，其中以後漢（東漢）、三國和兩晉歷史的寫作中，最為突出。

東漢末年，群雄割據，加上黨錮之禍黃巾之亂等等，晉室在永嘉之禍後南渡，為了確保政權的正統性，所以史傳著作就變得非常多。

偏安江南，朕即天下

我在〈《世說新語》裡的熊孩子〉一文（請見一六六頁）提到《世說新語》裡「長安日遠」的故事。裡面哭哭的晉元帝，還有一則很有趣的故事：

元帝始過江，謂顧驃騎曰：「寄人國土，心常懷慚。」榮跪對曰：「臣聞王者以天下為家，是以耿、亳無定處，九鼎遷洛邑。願陛下勿以遷都為念。」（《世說新語．言語》）

這段故事很有趣，但我不敢翻譯得太精準，很怕被出征。大意就是說晉元帝撤退到了江南，向驃騎將軍顧榮哭哭，說自己沒辦法帶大家反攻大陸了，搞到回不去神州故國，只能偏安在此，真心覺得對不起國家民族。

沒想到顧榮馬上跪著回：「王者以天下為家，當年周武王也移鼎至洛陽，只要委員長您在哪裡，哪裡就是中國，哪裡就是天下。」不是，是晉元帝才對。但總是有一種濃濃的既視感。

所以我們現在經常用「問鼎」、「鼎革」這些詞語象徵政權。政權可以同時並立，但君主與士人仍然懷抱著一股濃烈的正統中國（要說明的是：古文「中國」多指中土、中原，大家先不用急著抗中保臺）之想像。這樣說來，各位就明白不同國家政權的網軍，修史傳帶風向的意義在哪裡了吧！

帶風向的史書那麼多？

更不用說三國時代，一個正統各自表述。如魚豢的例證，那只是冰山一角。這些史傳很多都亡佚或殘缺斷簡，各位能想像若它們全部都還完整保留，那三國歷史會有多亂多黑。萬繩楠提到目前可見（至少還知道書名）的三國史料就有這些：

陳壽的《三國志》六十五卷，是現在傳下來比較完整的一部三國史。此外，當時出現了眾多的分國寫的三國歷史。魏國的有晉王沉《魏書》四十八卷，晉孫盛《魏氏春秋》三十卷，晉陰澹《魏紀》十二卷，晉孔舒元《漢魏春秋》九卷、《魏尚書》八卷，晉梁祚《魏國統》二十卷，魏魚豢《典略》八十九卷。吳國的有吳韋昭《吳書》五十五卷，晉環濟《吳紀》九卷、梁張勃《吳錄》三十卷。蜀國的有蜀王崇《蜀書》，譙周《蜀本紀》，晉王隱的《蜀記》，習鑿齒的《漢晉春秋》。

我們可以注意到，像魏國的魚豢，吳國的韋昭，蜀國的王崇與譙周，都是當朝人寫的當朝歷史。這在中國歷史上相當少見。只是這些書大多不存，其中魚豢的《魏略》，以及習鑿齒的《漢晉春秋》算是保留條目比較多，也是有賴裴松之為《三國志》作注才保留下來。

總而言之，歷史就是記錄成王敗寇的過程與結果，但重要的是結果還是過程？或許每本勵志書都有不同的邏輯與定義。有的人輸了過程，贏在結果；有的人輸了結果，但還是想贏在過程。這時候就有了各種史傳，尤其當代人編的史傳。這其實並不符合中國各朝代撰寫史書的慣例。畢竟一朝興來一朝亡，朝代尚未完結，國家尚未蓋棺，史料就已經論定，這難道客觀嗎？但正因為掌握風向與話語霸權的重要性，所以魏、蜀、吳的史家都積極地修起當朝史。

而我們也只能見證歷史的重複再重複，甚至追求進步，走了那麼迢遠的路途，最後還是幹了與封建保守時代類似的行為。

王家衛在電影《一代宗師》裡有句臺詞，說要到達一代宗師者，必須經歷三個境界：「見天地，見眾生，見自己。」我們讀歷史或讀這些古文，原來終將觀照的仍是我們身處的現世，我們自我的生命歷程。只能說這就是古人與現代人相去幾希的地方，大概也是文明一脈相承的累積過程吧！

六朝VS臺灣

——從亂世到下一個亂世

如果問我讀古典時期的文學作品或文獻，到底對現代人的意義在哪？我覺得這可能要從各個斷代說起。

先秦時，道術為天下裂，因此各家學說與思想非常興盛，百家爭鳴，我們可以說那是個言論相對自由，且各路思想大爆炸的時代。

到了漢代，自漢武帝開始獨尊儒術，君主集權前所未有地擴張。在文學上有以歌功頌德為主題的漢賦，而各思想家、史學家努力著述成一家之言。徐復觀先生曾形容漢代思想猶如壓力鍋，與六朝分裂的時代很不一樣。

而六朝之後的唐宋，進入科舉時代。文士有一個明確的晉身管道，當然也影響到了文化與文學。課本裡人人學過的「古文八大家」正式登場，文必秦漢，文以載道的觀念，讓他們對於六朝的形式主義、唯美文學產生了負面的批評，而這樣的批評一直影響到近代。

六朝的獨特正在於此。它是一個從統一帝國重新回到分裂的時代，也是一個不同文化與種族交流對抗的時代。更重要的，用白話說，六朝就是亂世。

每個時代都很亂，但六朝特別亂

我相信每個時代的人們都會有「亂」的感覺，所以我們幾次選出「亂」這個字當成年度代表字。但事實上大部分的時間裡，一般民眾並不會覺得亂世離我們這麼近，古代歷史總有好幾次「□□之亂」，用以與正常時間區隔。

我時常在思考一個問題，當未來的史學家、文學家、學者或研究者，重新看待我們現在的這個時代，以及我們這個地方的這一群人時，到底會怎麼說？我們留下的史料文獻、著作事蹟，對他們而言有什麼意義？放在哪一種脈絡下解讀？

我們到底是偏安王朝的苟延殘存？還是一個新盛世的醞釀開端？我們是歌舞昇平不知亡國將至的衰世之音？還是恢宏歷史嶄新篇章的一個小節？我不是不敢細究，而是真的不知道。

但好在古文裡早就有提出類似問題的人與篇章，所以我經常覺得，就在讀這些古文的時候，解決了當前困擾我的難題。

貪生怕死，貪歡恨短，這就是人生

像書法史至寶王羲之的〈蘭亭集序〉，它的結論是這樣說：

每攬昔人興感之由，若合一契，未嘗不臨文嗟悼，不能喻之於懷。固知一死生為虛誕，齊彭殤為妄作。後之視今，亦由今之視昔，悲夫！故列敘時人，錄其所述，雖世殊事異，所以興懷，其致一也。後之攬者，亦將有感於斯文。

「固知一死生為虛誕，齊彭殤為妄作」這兩句，它的典故出自於《莊子》的〈齊物論〉這一篇：「天下莫大於秋毫之末，而太山為小，莫壽於殤子，而彭祖為夭，天地與我並生，而萬物與我為一，既已為一矣。」

這段話非常哲學，但也非常道家。「齊物」講的並不是要統一萬物，而是要我們從更宏觀的宇宙時間，重新制定對萬物小大短長的度量衡。老子說過：「天下皆知美之為美，斯惡已」，因為我們先確立大小的標準，所以認為泰山是巨大的，而秋天動物新生的毫毛是微小的；因為我們先確立了年歲的標準，所以更欽羨能活八百歲長壽的彭祖，而為了剛出生就夭折的嬰孩哀悼。

但這標準怎麼定義出來的呢？或說從無限無盡宇宙時間來看，彭祖與夭折的嬰兒的歲數幾乎沒有差別。所以莊子說「萬物與我為一」，當我們從天地無垠的視角看待這一切，再無長短小大的差別。

或更進一步來說，生只是死亡的一個狀態，死亡也只是出生的硬幣另外一面，對這個世界而言全然無差別。

但莊子是莊子，即便魏晉玄學推崇老莊這樣的聖人，對六朝人來說，這般境界仍然太難了。所以王羲之說：「一死生為虛誕，齊彭殤為妄作。」只有超越量子的宏觀世界，才有可能齊一生死，我們（指參與蘭亭集的文士們）在曲水流觴這個當下感到的快樂與確幸是真實的，所以我們就沒辦法將生死或壽命的短長視為同一性。

於是我們只能戀生懼死，貪歡恨短，然後思考著有一天，當我們不在了之後，以後的人怎麼看待我們今天留下的文章與微小的體會。

「後之視今，亦由今之視昔」與「後之攬者，亦將有感於斯文」，可不是嗎？即便六朝的許多文章，那些立言、立德、成一家之言的大作，因為各種原因而被焚燒銷毀了，但王羲之的這篇文章有賴其墨寶不斷被臨摹，終有機會留存。

讀古文給你滿滿的既視感

而這種給後人無限感慨，並預先設想後人可能的感慨者，我想到另一篇名作，杜牧的〈阿房宮賦〉。我們都知道「阿房宮」被項羽焚毀了，但杜牧想像這一幢幢他從來不曾見證的館閣樓臺，思考著複雜的歷史辯證：

嗚呼！滅六國者，六國也，非秦也。族秦者，秦也，非天下也。嗟夫！使六國各愛其人，則足以拒秦。使秦復愛六國之人，則遞三世可至萬世而為君，誰得而族滅也。秦人不暇自哀，而後人哀之。後人哀之，而不鑑之，亦使後人而復哀後人也。

秦人已經來不及感傷他們的亡國了，但後人為其亡國而哀痛。無奈的是，歷史不會給予人們任何教訓，所以無懸念地，那些哀悼秦國滅亡的後人面對亡國，更後來的人再去哀悼新的亡國者。

這宛若莫比烏斯環的迴圈，我覺得是我讀過古文裡，非常有預視感的一段文字。總有一天我們的時代，我們所建構或見證的一切，也會這樣灰飛煙滅，只剩下史傳或類書裡片段的文字，記憶我們曾有過的文明。

等到了那一天，我們會剩下什麼？所以我真心慶幸自己讀過這些古代對未來預言，因為他成了現世的寓言，讓我們覺得這一切的波瀾起伏也不過是宇宙一瞬，星河銀瀑裡的微小塵埃。

那好像也沒什麼了嘛！這樣想的時候，我就覺得沒有什麼真正困難的事。無論多難堪或多苟且的姿態，古人也是這般在亂世裡生存下來。

尤其在六朝這個亂世，他們不和你談什麼孔曰成仁或孟曰取義，他們讀老莊的生死齊物，情之所鍾，卻壓根做不到。

他們是在風雅地生活，卻也在艱難地生存。

這是以前讀到六朝時，老師或書本沒有告訴你的事。我慶幸我讀過這些故事。它讓我有了繼續往前走的勇氣。

最後一切都不會留下來，沒錯；最後可能一切都空無一物，毫無意義，這也沒錯。但無意義不就成了一切意義的意義嗎？至少在那個混亂的小時代，那些古人們是這樣想的。

而現在的我也是這麼想的。

亂世生存遊戲

從三國英雄到六朝文青都得面對的闖關人生

作　者——祁立峰

資深編輯——陳嬿守
封面設計——陳文德
內頁設計——陳春惠
行銷企劃——鍾曼靈
出版一部總編輯暨總監——王明雪

發行人——王榮文
出版發行——遠流出版事業股份有限公司
100 臺北市南昌路二段 81 號 6 樓
電話／(02)2392-6899　傳真／(02)2392-6658　郵撥／0189456-1
著作權顧問——蕭雄淋律師
2021 年 2 月 1 日　初版一刷

定　價——新臺幣 360 元（缺頁或破損的書，請寄回更換）

ISBN 978-957-32-8959-3

YL 遠流博識網 http://www.ylib.com E-mail: ylib@ylib.com
遠流粉絲團 https://www.facebook.com/ylibfans

國家圖書館出版品預行編目 (CIP) 資料

亂世生存遊戲：從三國英雄到六朝文青都得面對的闖關人生 / 祁立峰著 . -- 初版 . -- 臺北市：遠流出版事業股份有限公司，2021.02
面；　公分
ISBN 978-957-32-8959-3（平裝）

1. 六朝文學　2. 文學評論　3. 魏晉南北朝

820.903　　109022173